Les fleurs

Laurence Chaudouët

**Et 20 récits lauréats
du Prix Pampelune 2021**

© 2021 Pascale Leconte.
Éditeur : BoD-Books on Demand
12-14 rond-point des Champs-Élysées, 75008 Paris
Impression : Books on Demand, Norderstedt, Allemagne
ISBN : 9 782 322 266 111
Dépôt légal : Mars 2021.

Laurence Chaudouët
France Bouyrou
Michel Naudin
Bertrand Ruault
Pierre Buffiere de Lair
Marlène Lafont
Marc Gérard
Luc Leens
Ludovic Joanno
Clotilde Hérault
Xavier Boulingue
Marine Debut
Stéphanie Tréguier
Julien Raone
Cassandra Masseglia
Emmanuelle Refait
Philippe Aubert de Molay
Philippe Maîtreau
Karl Baltazart
Chouteau Guillaume
Marie Derley

Le jury de l'édition 2021 est composé de :

Isabelle Giudicelli
Ségolène Tortat
Martin Trystram
Pascale Leconte

Correction : **Ségolène Tortat**
Couverture et mise en page : **Pascale Leconte**
Image : **Pixabay**

Le Prix Pampelune est organisé
par l'auteure Pascale Leconte.

La nouvelle lauréate du Prix Pampelune 2021

Les fleurs
Laurence Chaudouët

   Ce printemps-là fut exceptionnellement chaud — les arbres, à peine chargés de fleurs, ployaient d'une sorte de langueur, sur le bord des routes désertées, et les passants, baissant la tête, recevaient sur leur front un pétale furtif, une caresse qui leur donnait le frisson. On ne savait pas. Peut-être les arbres même étaient-ils contaminés ? Ce qui errait dans l'air, en suspension, ces minuscules gouttelettes tueuses, cette vie protéiforme qui parasitait chacun des atomes du vivant, ce combat permanent de l'invisible, ne connaissait pas de limites — on l'appelait le « virus fantôme », car personne ne pouvait l'expliquer, le définir, le cerner par quelque moyen que ce fût, ni en laboratoire, ni en théorie, ni même par des formules mathématiques. Il échappait à toute forme de classification. Au début, on l'avait appelé le virus inconnu. On ne savait pas d'où il venait, on ignorait qui avait, le premier, subi les effets de ce mal insidieux, le Fantôme. Simplement, on s'était aperçu, dans un effet de parallélisme totalement déconcertant, que, d'un pays à l'autre, ce mal mystérieux avait gagné les villes, les provinces, les campagnes, et s'était en quelques semaines étendu partout à travers le monde.

Elle le savait — elle n'avait pas la moindre chance de lui échapper.

Son travail exigeait qu'elle sorte du « bunker » qu'elle avait aménagé dans ce qui était autrefois son appartement — désinfecté chaque jour, avec la bombe que le gouvernement avait distribuée à chaque foyer, entre autres désinfectants, masque de protection, bonnet pour les cheveux, sur-cape couvrant tout le corps. Elle devait, tous les jours, aller soigner les personnes malades, ou du moins, car on ne pouvait pas faire grand-chose pour eux, les soulager par tous les moyens possibles. On avait, depuis longtemps, renoncé à accueillir tous les contaminés dans les hôpitaux — l'absence totale de réponse médicale à l'attaquant microscopique déconcertait les personnels soignants. Ils ne pouvaient, attentifs aux signes ultimes que déclarait l'envahisseur dans le corps malade, que pallier la fièvre, les vertiges, les nausées, les sueurs intenses que donnait le virus.

Dans la ville, elle-même fantôme, on voyait osciller, au bout des rues vides, les silhouettes encapuchonnées, comme des fleurs inversées dont le calice fragile, la tête chapeautée de noir, oscillait un peu, et, d'un mouvement pendulaire, elles tournaient lentement, de droite et de gauche, leur tête masquée.

Il était difficile de respirer sous le masque — le souffle paraissait court, une buée lourde empoissait la bouche, le nez vous picotait bientôt. Mais c'était la seule solution pour filtrer le virus. Quand on croisait un marcheur, on saluait de la main droite, lentement, comme en apesanteur, marchant sur une planète lointaine, sans atmosphère, dans une combinaison de cosmonaute. La lenteur des gestes était devenue la norme. Pourquoi ? On ne savait pas. Peut-être parce que la menace était telle qu'il fallait retenir tout mouvement, toute respiration, se tenir dans le plus ténu, le plus lent possible, ne pas dépasser cette invisible limite que mettait, partout autour de soi, la peur tangible. La vie devenait lente, mesurée.

Il semblait que partout, il n'y eut que des villes — quelques arbres, des touffes d'herbes entre les grilles de fer. Les campagnes, trop dangereuses, étaient interdites. Les ruraux, désormais, devaient rigoureusement rester confinés. Les bois, les forêts, les montagnes devenaient les lieux mêmes du danger. La Nature, réveillée, montrait son visage vengeur. Plus il y avait d'arbres, de champs, de fleurs sauvages, plus il y avait de danger. Le virus, dans son élément même, devenait encore plus virulent.

Pour l'éradiquer, on avait commencé, dans les hautes sphères, à planifier une future destruction systématique de tout milieu naturel restant : il s'agissait de rendre le virus plus faible, de le ramener dans l'air pollué des villes, où il s'étiolait. Le plan, déjà constitué, comprenait trois étapes : la destruction des forêts, la couverture des sols, la reproduction de la flore et des cultures nécessaires en serres géantes. Pour cela, bien entendu, il fallait des fonds — et le gouvernement, convaincu de son affaire, avait secrètement décidé de puiser dans les ressources autrefois réservées à l'éducation et à l'armée. Le monde qu'ils prévoyaient serait une réponse imparable au virus — étouffé par le manque de chlorophylle, il dépérirait peu à peu (pensaient-ils), et finirait par disparaître.

Le projet restait secret, car l'indignation écologiste, bien évidemment, serait telle qu'on ne pourrait l'exposer sur la place publique. Déjà le débat se faisait jour : fallait-il laisser toute latitude au virus, et en même temps, à la nature

triomphante, ou bien réduire la part du vivant, et conséquemment, celle de l'organisme tueur ?
Le gouvernement avait depuis longtemps décidé, au nom du bien commun. La situation lui laissait tout pouvoir, car les scientifiques, dépassés depuis longtemps, semblaient incapables de trouver un vaccin, ou même un traitement efficace pour contrer la progression du mal. D'où les choses semblaient aller bien en train. Et puis, ces foutus écologistes ne finiraient-ils pas par mourir ?

Elle remontait la petite rue des Fleurs mauves jusqu'à l'immeuble où la vieille dame habitait — un vieil immeuble, seul au bout de la rue, avec tous ses balcons morts et les pots de giroflées fanées qui retombaient sur le rebord des fenêtres, comme d'étranges mandragores multipliant leurs racines. Elle monta les trois étages, sonna.
La vieille dame apparut — elle lui tendit la main. Apparemment, le virus ne se communiquait pas par contacts : un semblant de vie sociale, malgré la cape et le masque, pouvait continuer à exister.
— Comment allez-vous, Maryse ? dit-elle en essayant de sourire.
Mais la vieille dame semblait très mal en point — sa peau très blanche, ses lèvres violacées, toute sa chair molle et pendante disaient que le mal, dans la poitrine, croissait et l'envahissait. Elles traversèrent l'appartement, étrange apparat de tentures couvertes de plastique, de bibelots désuets, derrière les étagères vitrées, où l'éparpillement côtoyait un ordre effrayant : flacons de désinfectant alignés, tas de masques rangés, chaussures alignées pour on ne savait quelle impossible promenade. Dans la chambre, la vieille dame s'allongea sur le lit.
— Prête pour la piqûre ?

Elle fit signe que oui. Dégrafant son corsage, elle montra sa poitrine que la maladie écartelait.

À l'intérieur vivait la fleur sauvage. Déployant ses pétales vénéneux avec l'onctuosité de la sève, de la sève et du sang. Au scanner, on voyait les deux excroissances parallèles, comme une tache de Rorschach, s'épanouir dans une beauté terrifiante, une splendeur d'orchidée violette.

Le mal triomphait — et face à lui, il n'y avait nulle réponse.

Elle lui fit la piqûre — la vieille dame eut un frisson.
— Vous avez très mal ? demanda-t-elle.
— Non. Ce n'est pas vraiment douloureux. C'est comme un poids. Parfois, c'est comme une caresse. C'est très étrange. Mais j'ai cette fièvre qui ne me quitte pas.
— Prenez un paracétamol, dit-elle. Il n'y a que cela qui soulage. Vous avez réussi à joindre le docteur ?
— Non. Le docteur est aux abonnés absents. L'hôpital non plus ne répond plus.

Elle soupira.
— Et vous ? Vous n'avez toujours pas de symptômes ?
— Je ne sais pas. Je tousse, parfois.
— Faites attention ! C'est que j'ai besoin de vous !

Quand elle quitta la vieille dame, ses yeux la piquaient un peu — des larmes ? De la fatigue ? Elle ne savait pas.

Quand elle rentra, elle mit, sur le vieil électrophone — seul témoin d'un monde encore amical — un disque de Duke Ellington. Puis, elle s'allongea et fixa, sur le plafond atone, le plafonnier languide qui pendait encore, vestige lui aussi d'un abandon désormais partout jugulé. La musique de jazz la berçait, et en même temps, lui faisait venir des larmes. Elle repensait à la vieille dame. « Et vous ? Vous n'avez rien ? »

Elle seule. Elle seule savait. Dans sa poitrine, croissait aussi la fleur vénéneuse. Elle avait pu, il y a quelques jours à peine, passer un dernier scanner dans un hôpital débordé. Comme infirmière, elle était prioritaire pour les examens. Et le résultat avait été formel : sur la poitrine, les deux taches parallèles, aux formes rondes et voluptueuses, et l'ovale cranté des pétales, s'épanouissant. La tige, invisible au scanner, descendait profondément, au-delà des poumons, qui, asphyxiés, se rétractaient comme une peau de chagrin.

Elle n'en avait plus pour longtemps. La fleur l'envahissait.

Elle la sentait, tapie, étrange fantôme palpitant, à peine réelle, chaude et douce, comme si ses poumons portaient un enfant. D'elle montait une fièvre oscillante, comme un tourbillon de pollen lancé à l'attaque du corps, du cœur, de la gorge, jusqu'aux yeux.

Ce qui était terrible, c'est qu'elle n'avait pas mal — ce silence au cœur d'elle-même, cette vie éthérée, et pourtant puissante, la terrorisait. Comment la concevoir, comment le réaliser ? Cette force la dépassait si fortement en puissance, ce qu'elle créait en elle était à ce point irrépressible, qu'il n'y avait aucune résistance possible — cela vous portait, vous emportait, vous dévastait. Cela — cette beauté terrible, cette beauté qu'on était obligé de reconnaître.

Fallait-il que cela vous tue ?

Elle se leva, les yeux un peu brouillés par la fatigue. Elle ôta, de l'électrophone ami, le disque de Duke Ellington.

Tout était étrangement silencieux dans l'immeuble. Pas un son ne filtrait des fenêtres fermées, des rideaux figés par les tentures de plastique. Seules, les stridulations des oiseaux passaient la barrière du silence — véhémentes, perpétuelles, nuit et jour, ce continuel reproche qu'ils vous faisaient, heureux et libres, parfaitement sains, qu'ils vous faisaient d'être encore en vie.

— Cède ta place ! Cède ta place !

Elle ne pouvait plus y tenir. Comment rester dans cet appartement étroit, jour après jour, avec comme seule perspective l'envahissement du mal ? Il fallait faire quelque chose. Réagir. Trouver une porte de sortie.

Que faire ? Où aller ? Tout était clos. Les routes étaient barrées, les rondes de police généralisées.

Mais elle avait son passe-droit. En tant qu'infirmière, elle pouvait aller partout. Qui l'empêchait de prendre sa voiture et de partir pour une destination inconnue ? En prétextant qu'elle allait soigner des personnes isolées ?

Elle pensait, depuis deux trois jours, à cette maison perdue. Là où, encore enfant, elle allait retrouver ses cousins pour les vacances. Une grande maison, tissée de lierres et de roses, avec des pièces où il faisait bon se cacher, l'été, dans les coins tiédis par l'ombre, à côté d'un grand fauteuil où pendait, nonchalamment, un châle mauve à la douceur voluptueuse.

Cette maison. Pourquoi ne pas y retourner. Elle devait être fermée, bien sûr. Mais, peu de temps avant l'épidémie, elle avait reçu, en gage d'amitié, une clé de sa cousine préférée, qui lui avait fait promettre de la rejoindre.

Elle ne l'avait jamais fait. La Fleur sauvage l'avait prise de court. Elle ne lui avait pas laissé le temps.

Et maintenant...

Elle ne pouvait pas — pas une seconde — se permettre d'attendre plus longtemps. Fébrile, elle jeta quelques affaires dans un sac de voyage. Glissa son autorisation dans son sac et remit sa cape et son masque. Deux minutes plus tard, elle sortait de chez elle.

Partir au moment du crépuscule — les fenêtres d'immeubles, aux lumières sèches et froides, la regardaient passer. Une traînée sale, presque violette, s'érodait à l'horizon. On la contrôla deux fois — à chaque fois, elle raconta son histoire. Les policiers, comme lassés de leur travail, ne montrèrent aucun zèle.

Elle roula toute la nuit — s'arrêtant deux fois, dans un hôtel encore ouvert, qui faisait aussi café : elle prit une collation, et la fois d'après, pissa contre un platane exubérant, dont les feuilles noires grimaçaient dans le ciel. Elle roulait, comme délivrée. De temps en temps, elle toussait. La fièvre, insidieuse, semblait par moments lui accorder des éclairs de grande lucidité : alors, elle voyait les étoiles rouler dans le ciel comme si elles voulaient l'attirer vers elle — ces points concentriques, concentrés d'énergie, devenaient ce qu'elles étaient vraiment, des forces sans limites, capables de tout détruire.

Elles brillaient si fort, elles palpitaient comme un cœur à vif.

Au matin, elle traversa la campagne. Vers cinq heures, elle se sentit tellement mal qu'elle dut arrêter la voiture. Pour ne pas rester sur la route principale, elle obliqua à droite, sur un chemin qui traversait un bois. Il y avait, d'abord, la plaine encore bleue par la nuit. Et, plus loin, les arbres en sommeil.

Elle claqua la porte. Fit trois pas, vacilla un peu. Puis leva les yeux vers le soleil.

Il apparaissait au loin. Les blés, encore libres, bruissaient d'un bruit doux. Elle se mit à marcher sur le chemin.

C'est le premier arbre qu'elle toucha qui lui parla. Il lui dit — on ne savait quoi, quelque chose d'intime et de terrible à la fois. Quelque chose qui la fit s'arrêter, reculer de deux pas, attraper le tronc de l'arbre.

Il était rugueux, étrangement chaud, et luisant comme une peau de serpent. Elle leva la tête.

Les feuilles ensorcelées tanguaient dans la lumière. Elles étaient puissantes, elles étaient révélées. Elle n'en avait jamais vu de semblables.

Elle le savait sans avoir besoin de l'articuler : cette beauté lui était donnée.

Elle porta la main à sa poitrine.

Dedans, la fleur était si douce.

Pouvait-elle — un jour peut-être — devenir sienne et cesser de la détruire ? Pouvait-elle, à toute chose en elle, se concilier ?

Ce silence pouvait-il rejoindre le silence inarticulé de l'aube ? Ce cri qui par la lumière se faisait chant ?

Les feuilles bruissaient au-dessus de sa tête, et ce bruit balancé était celui de la mer.

Elle regarda l'horizon.

Il suffisait de se poser. D'écouter les choses respirer et croître. Et peut-être — peut-être — la fleur violente, à l'intérieur d'elle-même, s'épanouirait avec elle.

Elle et la fleur, s'épousant.

Elle voulait le croire.

Charlotte fourrée
France Bouyrou

Charlotte sourit béatement devant l'enseigne du magasin. Cette pause bienheureuse signe déjà le début de Noël. La boutique expose ses spécialités sucrées comme autant de cadeaux culinaires, des trésors de saveurs dont on finit par penser qu'ils constituent en eux-mêmes la finalité du réveillon. Chacune de ces petites mignardises repose sur une sorte de feutrine colorée, qui met en valeur leur délicate composition. Une guirlande court en cascade lumineuse tout le long de la devanture pour aller caresser le pied d'un sapin en bois flotté dont on a orné les branches de quelques étoiles blanches. Une décoration épurée, un côté design scandinave très franchement adopté, qui fait son effet et pousse le moindre badaud au lèche-vitrine. Et quand on voit les produits proposés ici, on se maîtrise par bienséance pour ne pas laper la crème de marrons surplombant majestueusement les monts-blancs, ni prélever d'un coup de dents sensuel les croquants capuchons chocolatés au-dessus des palets pralinés.

L'observation gourmande de cet intérieur chaleureux pousse à la tentation. Le client raisonnable hésitera un peu avant d'entrer, conscient qu'une fois les portes franchies, il ne sera plus maître de sa commande. Les couleurs chatoyantes des macarons, la texture onctueuse de la mousse bavaroise ou encore l'odeur de la fève de cacao grillée seront autant d'arguments muets qui pousseront à une consommation outrancière. Aujourd'hui, qui plus est, le froid a fait dégringoler le mercure. Les passants les plus prévoyants se sont emmitouflés dans de confortables pelisses ou parkas, chaudes parures complétées par d'épais couvre-chefs et des moufles doublées. Mais beaucoup d'autres, bien moins équipés, se frottent vigoureusement les mains l'une contre l'autre pour éviter l'engourdissement. L'essai se révélant infructueux, ils se réchauffent en haletant sur leurs paumes un souffle tiède et revigorant. Mais une lutte de ce type contre des températures négatives est vouée à l'échec. Entrer dans la pâtisserie assure donc pour eux le double avantage de l'immédiateté de la chaleur du magasin, et la promesse ultérieure d'une combustion calorique, une fois consommées toutes les denrées achetées.

Charlotte est consciente de tous ces engrenages, mais aujourd'hui c'est fête, et elle a prévu déjà de longue date ce festin édulcoré. Elle entre en saluant avec enthousiasme la vendeuse. La porte accueille sa guillerette présence en faisant tinter sa clochette de bienvenue. Puis la jeune fille se concentre pour choisir avec tact ses gâteaux. Son sérieux presque sacerdotal fait sourire Véra, la commerçante. Celle-ci reconnaît la grande blonde toute frêle aux yeux clairs. Ce n'est pas une cliente régulière, mais son visage avenant, bien que très creusé, et son sourire enjôleur sont facilement mémorisables. Elle doit habiter le quartier, parce qu'elle la voit souvent passer devant le magasin, lorgner l'une après l'autre les confiseries, choux à la crème, pithiviers, brioches fourrées et friandises en tout genre, puis passer son chemin après un geste de la main bienveillant à travers la vitrine. Quand occasionnellement elle s'arrête, elle offre toujours un mot gentil, un trait d'esprit, et un sourire radieux. Puis elle passe à la commande, et cette étape semble revêtir à chaque fois un caractère sacré. La gentillesse s'efface pour laisser place à une application extrême. Jamais la demoiselle ne doute ni ne tergiverse, elle énumère ce qu'elle désire lentement, avec précision, sans demander ni avis ni conseil. Elle ne supporte pas qu'on l'interrompe dans ce moment-là, fusillant du regard un visiteur impromptu, ou ignorant ostensiblement le bonjour courtois d'un nouveau venu. Véra s'étonne de ce changement de ton, elle y décèle quelque chose comme une tension, une angoisse surmontée par la maîtrise d'un listing qui semble appris par cœur. Mais la vendeuse a l'habitude de la nature humaine et de son côté insondable. Depuis le temps qu'elle est au contact des gens, elle en a repéré à la pelle des énigmatiques, des extravagants ou de francs casse-pieds. Alors elle sert son étrange cliente en respectant le rituel imposé, se demandant quels peuvent bien être les destinataires d'un panier si garni. Elle range patiemment et minutieusement dans les boîtes cartonnées la commande qui continue son déploiement : une religieuse au chocolat, un mille-feuille, un baba au rhum, un vacherin coulis framboise, deux croquignoles tressées aux amandes, un gâteau aux pommes à la vénitienne. C'est comme si la jeune femme avait pour mission de livrer les desserts de tout un régiment, et de devoir accomplir sa tâche de mémoire, sans notes ni erreurs possibles. À la fin de cette épreuve, elle ressort cependant avec une mine réjouie, visiblement soulagée et fière d'avoir atteint un objectif connu d'elle seule, les bras encombrés de quatre gros paquets bien ficelés.

Dehors, il a commencé à neiger, laissant persister un timide tapis blanc qui crisse sous les pas. La nuit est tombée et permet de contempler le spectacle lumineux des guirlandes déployées sur les chaussées, enseignes de magasins et réverbères de la commune. Si elle n'était pas si lourdement chargée, Charlotte s'attarderait bien sous ce décor féerique. Mais réveillon ou pas, elle s'est promis de terminer avant la fin du week-end le chapitre de son mémoire débuté la semaine précédente. Elle est comme ça Charlotte. Elle porte le nom d'une recette moelleuse, mais ferme est son caractère. Elle ne garde de la célèbre pâtisserie que son côté moulé : une étudiante bien formée par les colles khâgneuses, un pur produit de l'École Républicaine élitiste. Constamment majore de ses promos, elle ne ressent même plus de fierté à cette place de leader de classe. Elle reste ancrée au podium comme quelque chose qui lui revient de droit, et perdre cet honneur représenterait pour elle un bien plus grand tourment que le garder ne lui procure de plaisir. Pour éviter à tout prix l'angoissante défaite, elle s'évertue à étudier, lire, rédiger, corriger, raturer, recommencer, chercher, réécrire. Elle travaille avec application, acharnement, fièvre et rigueur. Attendre et différer son plaisir, elle connaît donc ça depuis longtemps. Elle s'est couronnée reine du contrôle, de la maîtrise et de la privation. Chaque semaine, elle se donne des objectifs, qu'elle atteint, quelle que soit la période calendaire. Les paquets gourmands atterrissent ainsi l'un dans le congélateur, les trois autres dans le frigidaire, puis elle s'enferme elle-même dans sa chambre d'étudiante. Sage précaution pour éviter un prélèvement sauvage sur ces exquises boîtes de Pandore.

Deux heures après cependant, le chapitre est bouclé. La clé tourne dans la serrure, et la captive volontaire pointe le nez hors de son antre laborieux. Tel un animal par l'odeur alléché, elle semble retrouver dans l'air la suave senteur des sucreries que l'isolation douteuse de l'appartement a laissé s'échapper de leur espace de confinement. Mais elle ne succombe pas encore, malgré la fringale qui commence à tirailler son estomac vide, malgré l'échéance proche de la permission festive. Elle passe d'abord dans la salle de bain, prend une longue douche en faisant remonter à sa mémoire les souvenirs de saveurs connues. Elle expose consciemment à ses pensées, un à un, les mets qui attendent patiemment leur mise en bouche. Elle tente de se représenter intellectuellement leur parfum, leur texture, la façon dont ils fondent sur la langue, dont ils croquent sous la dent. Cet exercice mental constitue pour elle la première étape du bonheur avant la dégustation physique. Elle sait que la prolongation de l'attente, l'ajournement du plaisir, ne font qu'accentuer la délectation de la première bouchée. Mais ils augmentent aussi la sensation de vide en elle, cette faim qui la prend maintenant de façon violente et intolérable. Elle manque se trouver mal sous l'eau chaude, alors elle se décide à mettre un terme aux préliminaires pour passer au vif du sujet.

Elle se rend dans la cuisine, s'offre encore quelques minutes pour y installer le couvert. Elle allume une bougie sur un haut chandelier en bois, joliment agrémenté de coulées de cire rouge, vestiges de cierges précédemment consumés. C'est en tremblant qu'elle sort enfin du réfrigérateur son précieux contenu, dans un vertige qu'elle en dénoue les rubans, et qu'elle ouvre avec extase et sueurs froides les pans blancs de la boîte cartonnée. Son premier choix se porte sur une mini bûche glacée : un biscuit dacquoise d'une belle épaisseur porte une glace aux marrons enveloppée d'une crème de marrons, surmontée d'un sorbet poire joliment disposé en torsade au-dessus de la composition. Un fin palet de chocolat noir et quelques morceaux de poires délicatement ciselés agrémentent ce bijou de Noël. Elle saisit frénétiquement le dessert, ses doigts s'enfoncent légèrement dans la crème froide. Sourire aux lèvres, elle part à l'assaut gustatif de la bûchette. Ses dents du bas entament le croquant de la pâte meringuée aux amandes, tandis que celles du haut s'introduisent goulûment dans la couche rafraîchissante de sorbet, avant de rencontrer la texture plus épaisse et grasse du marron. Toutes ces consistances arrivent en même temps dans sa bouche pour s'y mêler, s'y entrecroiser, s'y mélanger, et y dévoiler une synergie de saveurs extraordinaire. Charlotte fait entendre son aise par petits cris onomatopéiques. Le deuxième coup de dents fait craqueler le mince écu de chocolat noir dans un léger bruit mat. Puis le cacao se met à fondre délicatement dans son palais, rajoutant son amertume au fruité de la poire. La troisième bouchée permet de bien ancrer les différents arômes, d'en saisir les essences, d'en apprécier le mariage. Le festin glacé ne se termine qu'après un méticuleux léchage de doigts.

Émoustillée par la note chocolatée, Charlotte pioche maintenant un fondant tout chocolat qu'elle attaque à belles dents. Sa texture soyeuse, dense et parfaitement homogène la ravit. Elle constate également avec satisfaction la qualité d'un cacao de premier choix. Son univers buccal est rempli cette fois d'une saveur uniforme et universellement appréciée. Pas de mélange, pas de surprise, elle apprécie le côté franc et entier de ce dessert. La valeur sûre d'un gâteau classique.

Puis elle se tourne vers quelque chose de plus aérien. Elle goûte un fraisier. L'air chassé de la crème fouettée fait un discret bruit mousseux. Les fruits en bouche nettoient la présence persistante de la précédente dégustation. Ils apportent également fermeté et acidité à cet univers douceâtre de chantilly pour arriver à un bienveillant équilibre. Quelques fraises s'échappent de leur linceul feuilleté, il faut récupérer les évadées de chaque côté de la pâtisserie. Charlotte, faisant bonne chère, arrive ainsi à vider la première boîte.

La faim a disparu. Mais un jour comme celui-ci, il serait indécent de se contenter du seul point de satiété. Charlotte s'empare sans hésitation aucune du deuxième paquet. Elle en mange le contenu avec le même plaisir, même si l'enchantement original est retombé. Croquembouches bigarrés, macarons multicolores et whoopie pie donnent à cette tournée un côté plus fantaisiste et bariolé. Les différents colorants lui teignent successivement la langue en vert pistache, rose fraise Tagada, ou mauve violet. Charlotte s'en amuse et se tire la langue en riant. On pourrait se laisser attendrir par le spectacle de la rigoureuse étudiante s'adonnant à un divertissant enfantillage.

Mais la scène n'est pas si idyllique, et l'innocent tableau s'obscurcit. Charlotte se sent repue, mais elle continue de manger. C'est même une franche lourdeur qui commence à se loger dans ses entrailles. Son estomac lui demande raisonnablement de se contenter de la quantité déjà honorable d'entremets ingurgités. Pourtant Charlotte sort sans réfléchir le troisième carton et gobe l'un après l'autre les biscuits dans un enchaînement devenu mécanique. Elle ne prend plus conscience des arômes. Le délicieux dîner gourmand devient orgie gargantuesque. Le sourire est tombé, le plaisir aussi. Habituée à de longues périodes de jeûnes, elle dévore présentement avec l'acharnement et la rage qui la constituent. Elle se goinfre, elle s'empiffre, elle avale sans plus même s'en rendre compte, les mousses, ganaches, crèmes et choux devenus insipides. Sa panse recueille avec la même résignation cet entrelacs de sucre, de farine et de beurre. Elle ne prend plus le soin de lécher ses doigts ni les commissures de ses lèvres grasses. Son visage a bouffi, sa langue gonflée la brûle, ses mâchoires sont douloureuses de tant mâcher après une période d'abstinence si longue. Mais elle va jusqu'à la fin de la toute dernière boîte, elle engouffre son contenu comme on rangerait négligemment une pièce trop en désordre : elle enfourne le tout dans un corps sac, un ventre qui ne sert plus que de contenant à remplir à tout prix, à fourrer, bourrer, tasser jusqu'à l'insupportable. Un corps poubelle dans lequel elle jette un amas indifférent de nourriture répugnante.

La dernière chose qui lui reste possible à ingérer est une lampée écœurante d'un grand verre d'eau salée. Elle n'a plus alors qu'à se pencher en avant pour vider tout son contenu gastrique dans un grand seau bleu. Celui-ci attendait son heure dans un coin de la pièce qui aurait dû à cette période de l'année accueillir un joli arbre de Noël. Le repas festif se répand dans le récipient en une masse informe et malodorante. Charlotte expulse violemment tout ce qui prend trop de place en elle, ses angoisses, ses chagrins, sa fatigue, son besoin d'amour, son hypersensibilité, son manque de tout si encombrant. C'est dans un dernier effort que se termine cette habituelle vidange émotionnelle, qui secoue dans un effroyable spasme sa carcasse de 40 kilos.

La moindre des choses
Michel Naudin

Après de longues années passées à suivre l'enseignement d'un grand maître brahmane, son disciple Nadjuh exprima un jour le désir de s'engager dans la voie la plus exaltante à laquelle on pût aspirer, celle du renoncement absolu, lequel constitue le stade dernier de l'ascétisme et le degré le plus haut de la dévotion en même temps que le couronnement d'une vie tout entière consacrée à l'atteinte de la délivrance.

Alors, pour éprouver si le novice serait capable de supporter une discipline aussi sévère avant d'aller, tout le reste de son existence, s'ensevelir dans le tombeau d'un cloître ténébreux, son maître le conduisit jusqu'à une terre brûlée de soleil et battue de vent au sommet d'une petite montagne. Les restes d'une vieille grange complètement délabrée lui fourniraient un abri plus que suffisant, le maigre filet d'eau d'une source courant dans les rocailles et les quelques touffes d'herbe accrochées à ce monticule assureraient sa subsistance, dont il devrait se contenter, le pagne qui ceignait ses reins serait son unique vêtement, et tout cela deux années durant, au terme desquelles il reviendrait le chercher — à supposer, bien sûr, que le jeune moine soit toujours vivant à ce moment-là, cas de figure qui, ma foi, sans optimisme exagéré, ne pouvait a priori pas être complètement exclu, rien n'étant impossible.

Le plus proche endroit habité se trouvant à plusieurs lieues de là en contrebas, il n'y serait pas dérangé dans les méditations qui sans cesse l'occuperaient. De sorte donc que désormais il n'aurait plus d'autres compagnons, sous le gouffre du ciel, que le silence, la solitude, les lancinants poinçons de la désespérance, l'éternelle morsure de la faim, le froid glacial des nuits et la chaleur brûlante de jours tous semblablement mornes et immuablement vides : une géhenne de tourments et de privations qui, sans doute, lui feraient certains jours appeler à grands cris la mort et peut-être le rendraient fou, ne nous le cachons pas, ça s'était déjà vu, il y avait même d'ailleurs des exemples en pagaille — mais peut-être pas, sait-on jamais, avec une chance invraisemblable, un miracle est toujours possible, gardons-nous d'être négatif, ne tombons pas dans le travers de ne voir que le mauvais côté des choses.

Et lui ayant ainsi gonflé le moral à bloc, son maître s'en retourna, non sans s'être laissé aller à lui asséner sur le crâne deux grands coups de son bâton, ce qui était sa façon de lui exprimer, à cet instant dernier, les plus vives effusions de paternelle tendresse — car pour être brahmane, on n'en est pas moins homme et qu'il était ému au-delà de toute mesure.

Une semaine de sa nouvelle vie ne s'était pas écoulée que Nadjuh, un matin, descendit au village. Les paysans de la première maison où il alla frapper considérèrent avec curiosité ce petit personnage en slip, sale comme un peigne et aussi maigre, qui s'inclinait devant eux les mains jointes en souriant de toute sa binette, puis s'enquirent de ce qu'il leur voulait.

Après avoir longuement exprimé les scrupules que l'avorton indigne qu'il était avait à déranger dans leurs occupations si importantes des personnes si considérables et juré sur les eaux mille fois sacrées du Gange qu'il ne s'y était résolu que poussé par l'urgence du problème se posant à lui et après avoir épuisé, il les priait de le croire, tous les autres moyens et solutions imaginables, il expliqua enfin que, donc, voilà, en deux mots, chaque fois qu'il lavait son pagne et l'étendait pour le faire sécher, les souris dont il partageait l'agréable demeure se faisaient un malin plaisir de le lui boulotter — sans penser à mal, c'était entendu, sans aucune intention de lui causer du tort, il ne disait pas le contraire, rien de personnel là-dedans, d'accord, loin de lui cette pensée, mais tout de même ça lui faisait des trous, ainsi que Leurs Éminences pouvaient le constater, ce qui était fort ennuyeux du strict point de vue de la décence, compte tenu du fait qu'il n'avait que cette mince étoffe pour habiller ce qui doit l'être et voiler les parties de son anatomie que les convenances requièrent de tenir à l'abri des regards, même chez un ermite, même résidant en un endroit où ne passait jamais personne, même détaché comme lui l'était, sans vouloir se vanter, de toutes ces considérations bassement matérialistes. Et donc, pour en venir à l'objet de sa visite, il se permettait, n'est-ce pas, parlons peu parlons bien, de solliciter de leur haute bienveillance la faveur d'un peu de fil, voilà, si ce n'était pas trop demander.

Bien sûr, on lui donna tout le fil qu'il lui fallait pour repriser sa loque, et une aiguille aussi pendant qu'on y était. Quand on peut se rendre service entre voisins, n'est-ce pas... C'était la moindre des choses. Aussi s'en retourna-t-il le cœur tout rempli d'une joie débordante qui lui fendait en deux sa maigre bouille du sourire le plus large lui étant possible, content comme un bossu qui a mangé du miel.

Quelques jours plus tard, il revint, pour la même raison. On lui redonna du fil, ainsi qu'une autre aiguille, car il avait, à son grand dam, égaré la première dans la botte de foin qui lui servait de couche. Il l'avait pourtant cherchée, et longtemps — mais en pure perte, comme on s'en doute.

La troisième fois où il revint, confus, expliquer avec embarras que ses vénérables cooccupants, décidément taquins, lui avaient encore troué sa culotte, on estima que cette fois cela suffisait, qu'il n'allait pas revenir comme ça chercher de quoi ravauder sa pelure jusqu'à ce qu'il ne lui en reste plus de quoi lui tenir aux fesses, tout de même, fallait peut-être pas pousser, non mais sans blague, et on lui fit présent d'un chat, pas très beau ni guère éveillé, mais qui au moins ne se ferait pas prier pour chasser les rongeurs qui l'importunaient, ce qui résoudrait ainsi une bonne fois ses petits soucis de garde-robe et ferait de la sorte bien plaisir à tout le monde. Quand on peut rendre service et que ça ne dérange pas... Il s'inclina très bas, remercia beaucoup et longtemps, et s'en retourna avec son chat, heureux comme un aveugle qui a trouvé des yeux.

On s'attendait à ne plus le revoir. Le lendemain, dès la première heure, il était là de nouveau, demandant que pour l'amour de Çiva, de Vishnu et des trois cent trente-cinq millions d'autres divinités que compte le ciel de l'Inde, on lui fît l'aumône d'un peu de lait pour Toto-Ganesh, son chat, expliquant que pour ce qui était de son petit linge, il n'avait plus de problème, merci, l'honorable félin se chargeant par sa seule présence de tenir à l'écart les têtus grignoteurs, mais il était à craindre que ce vaillant gardien de son intégrité vestimentaire ne s'en aille d'ici peu chercher ailleurs une hospitalité plus substantielle si celui à qui il faisait la grâce de partager son gîte ne lui assurait pas également le couvert, ce qui était, on en conviendra, vraiment la moindre des choses.

Aussi lui donna-t-on bien volontiers un petit pot de lait, et puis un autre le lendemain, tout aussi obligeamment, et de même tous les jours suivants. Quand on peut rendre service et que ça ne coûte rien... Mais au bout d'une semaine, on jugea qu'il serait plus simple, afin de s'épargner chacun ce dérangement toutes les prochaines fois jusqu'à la consommation des temps, de lui faire cadeau d'une vache, laquelle ne manquerait pas de lui procurer chaque matin tout le lait dont il avait besoin sans que ça lui coûte d'autres efforts que de la traire avant. Une vache, oui, carrément, au diable l'avarice, qui ne payait guère de mine, il est vrai, et n'avait certes plus la vigueur de ses jeunes années, mais n'en était pas moins aussi sacrée que les autres si on y réfléchit, et qu'en plus on lui fournissait équipée du petit tabouret et du seau qui allaient avec pour qu'elle soit de la sorte pleinement opérationnelle. Quand on peut rendre service et que ça débarrasse... Il s'inclina plus bas encore que les fois précédentes, et devant la vache aussi, remercia encore plus longtemps, appela toutes les grâces et toutes les prospérités célestes sur la tête de ses bienfaiteurs, et repartit avec sa vache et tous ses accessoires, joyeux comme un notaire ayant des souliers neufs.

On s'en crut bien, cette fois, débarrassé de longtemps. Deux jours pourtant ne s'étaient pas écoulés qu'il reparut sur le coup de midi, expliquant, fort gêné, que Shakti-Blanchette, sa vache, lui disputait pour ses repas les quelques rares brins d'herbe poussant aux abords de son domicile et qui constituaient déjà son ordinaire à lui, que cette maigre pâture-là n'était pas, on s'en doute, suffisante pour eux deux, ni même d'ailleurs pour elle toute seule qui avait, l'air de rien, un rude appétit malgré son grand âge, comme en témoignait le fait qu'elle lui avait en plus boulotté toute sa botte de foin pendant qu'il avait le dos tourné, et que donc il l'arrangerait bien, sans vouloir abuser, si c'était un effet de leur gracieuse bonté et que ça ne privait personne, qu'on le dépanne d'un peu de fourrage, voilà, ou alors qu'on lui permette de couper, dans l'un des prés d'ici, juste ce qu'il fallait d'herbe pour en remplir une vache — si du moins ça ne dérangeait pas.

On soupira beaucoup et l'on hocha la tête avec une figure d'exaspération et des ronchonnements qui en disaient long, songeant qu'on voyait venir aussi gros qu'une maison que ça allait faire là comme avec le fil et le lait et qu'on ne serait pas débarrassé de ce petit bougre de drôle-là tant qu'il n'aurait pas une bonne fois de quoi assurer convenablement la pitance de sa sacrée vache, qu'il était culotté, celui-là, ah dis donc, qu'il lui manquait toujours vingt sous pour faire cent balles, que c'était quelque chose alors et que si on avait su, tiens, on aurait eu mieux fait de le chasser dès le premier jour à grands coups de galoche quelque part, mais maintenant c'était trop tard, forcément, des relations s'étaient nouées, c'est tout de suite ou jamais, on a du cœur quand même, on n'est pas de bois, puis on n'est pas des chiens non plus, que diable, on est serviable ou on ne l'est pas. Eh oui.

Alors, pour couper court et en finir cette fois une bonne fois, on se résolut à lui donner un terrain, un petit carré de champ, là-haut, à deux pas de sa bicoque, dont personne ne se servait et qui lui ferait en un rien de temps un pré fort acceptable s'il ne rechignait pas à le remuer un peu. Quand on peut rendre service et que ça arrange tout le monde... Et il s'en retourna, lesté d'un sac d'engrais, d'une bêche, d'une pioche, d'un arrosoir et de conseils pratiques fort judicieux, content comme un marin qui va manger des crêpes.

Quelques saisons passèrent, et son maître revint. Celui-là, bien évidemment, s'attendait à retrouver Nadjuh tel qu'il l'avait quitté, c'est-à-dire à peu près tout nu sur son bout de terre aride, et s'en faisait d'avance une joie considérable que présentement il exprimait, ne pouvant plus se retenir de la manifester, en relevant l'un des coins de sa bouche de l'ébauche d'un demi-sourire, ce qui chez lui était le signe de la jubilation la plus exubérante et la plus débridée, car il ne se tenait plus d'allégresse.

Aussi fut-il fort étonné, en atteignant le haut de la montagne, d'avoir devant les yeux le panorama d'une petite prairie verdoyante entourée d'une barrière de doubles rondins, où paissaient quelques vaches et que bordait une jolie maisonnette de brique prolongée d'un grand potager. Il crut s'être trompé d'endroit et s'apprêtait à s'en retourner quand il aperçut son disciple, en chemisette à fleurs et bermuda, chapeau de paille sur la tête, occupé à fumer la pipe assis sur le pas de la porte. Celui-là, en le voyant, se précipita vers lui avec un cri de joie et tomba à ses pieds pour les lui embrasser.
— Eh bien, Nadjuh, dit le maître stupéfait, pourrais-tu m'expliquer ce que signifie tout ça ? Je te quitte n'ayant rien qu'un pagne, ayant choisi la voie de l'extinction des désirs et de l'abandon de toute possession, et je te retrouve rose et gras, fumant la pipe, habillé comme l'empereur de Chine et nanti d'une demeure cossue, d'un pré, d'un troupeau de vaches... Voilà bien de la prospérité, tu avoueras, pour un ascète ayant fait vœu de renoncement total !

L'autre alors, en pleurant, raconta toute l'histoire : le bout de fil pour son pagne à cause des souris, puis le chat pour monter la garde, puis la vache pour nourrir le chat, puis le terrain pour faire pousser l'herbe qui nourrirait la vache, puis la barrière autour pour qu'elle ne se sauve plus, puis la grange qu'il avait rebâtie pour y emmagasiner le fourrage de l'hiver et ensuite agrandie pour s'y loger lui-même tout le temps des grands froids, vu que ça pèle à ces altitudes, lui avait-on fait observer non sans insister beaucoup sur ce point on ne peut plus charitablement (ce qui avait ainsi épargné à ses bienfaiteurs le souci toujours contrariant de devoir le fournir en médicaments s'il avait attrapé du mal), puis le vieux slip qu'une bonne âme lui avait donné pour remplacer son pagne et ensuite le caleçon pour remplacer le vieux slip — et ainsi donc, n'est-ce pas, de fil en aiguille, une chose poussant l'autre, un service en appelant un autre, un besoin en entraînant d'autres et une suite de causes produisant à force de temps, inexorable mécanisme de l'aveugle fatalité, invincible enchaînement de circonstances et d'actes, pente funeste où la pierre qui roule fait s'ébouler tout le versant, une cascade d'effets…

Le brahmane, après ce récit, demeura silencieux un long moment. Sous son crâne une bourrasque s'était levée, une tempête faisait rage, un combat se livrait en lui, titanesque, de pensées qui roulaient, enchevêtrées, dans la confusion la plus tumultueuse, mélange d'ahurissement, d'incompréhension, de colère noire et d'abattement, toutes choses qui, portées à un degré d'effervescence extrême par la fureur de ces maelstroms, transparaissaient dans sa physionomie sous la forme d'un tic nerveux faisant par instants tressauter le coin de sa paupière droite, car il ne pouvait plus contenir les torrents d'émotions submergeant son esprit.

Enfin, il secoua la tête et, promenant un regard navré sur ce florissant cadre champêtre, soupira tristement :
— Tout ça, pauvre Nadjuh… Tout ça pour une culotte…

Le violoniste
Bertrand Ruault

Encore un pas, puis un autre, j'ouvre les yeux et là je découvre un… étui à violon. Un vieux, usé, moche. Ce n'est pas banal de tomber sur ce genre d'objet dans le métro, à même le sol. Je songe qu'il pourrait contenir un Stradivarius, valant une fortune. Un concertiste mondialement connu et distrait égare son instrument à la station Concorde. Il fait une déclaration de perte, les journaux s'emparent de l'affaire. Évidemment, il est dans le désarroi le plus complet, il ne pourra jamais rembourser une somme pareille. Ce n'est pas lourd ce style d'engin, mais ça pèse jusqu'à plusieurs millions d'euros ! Je vois le mec qui rentre chez lui, qui demande à sa femme :
— Dis-moi, chérie, tu n'aurais pas vu mon Stradi ?
— Non mon loulou, tu ne l'as pas perdu dans les transports ?
Et là, le gonze, il comprend qu'il a paumé son outil de travail quand il attendait son changement pour la ligne huit direction la Madeleine. Il contacte son assurance, se fourre un peu dans la situation de l'ouvrier qui va voir son boss, car son tractopelle s'est volatilisé :
— Vous allez rire patron, je l'avais laissé là, pile devant la tranchée, et je ne mets plus la main dessus. C'est ballot, non ?
J'entends la conversation téléphonique d'ici, pas un ne va pas se fendre la poire. Du coup, je parlais de quoi déjà ? C'est mon tort, je suis un grand bavard. J'en étais où ? Alors, je reprends.

Encore un pas, puis un autre, j'ouvre les yeux et là je découvre... ah oui, l'étui à violon. J'aime rêver, me raconter des histoires. Ça rend la vie moins triste. Non, parce que, tout ce que j'ai exprimé jusqu'à présent, c'est de la pure invention. Soyons sérieux une minute. Vous y croyez, vous au type qui se promène avec un magot dans les bras entre Grenelle et Maisons-Alfort ? Moi, si je possédais tant de pèze, je prendrais le taxi. C'est plus prudent. Revenons à nos violons. Soit, imaginons que je marche avec un fric délirant sous le coude dans le métropolitain. Comment l'oublier ? Impossible, voyons ! Personne, même un musicien, ne peut omettre qu'il se balade avec un pognon fou ! C'est dommage, moi j'aurais bien aimé rapporter le joli pactole aux objets trouvés, juste pour assister à la physionomie du drôle à la réception.

— Bonjour messieurs dames. Voilà, j'ai ramassé un paquet dans le métro et je viens le ramener.

— C'est fort aimable de votre part monsieur. Qu'est-ce que c'est ?

— Un million d'euros.

— ...

— Vous vous sentez mal ? J'appelle le Samu ?

Rien que pour viser la tête du gars. J'aurais droit à un petit article sur moi.

Un employé de la RATP retrouve un instrument ancien assuré à plus d'un million d'euros. Le concertiste l'avait égaré à la station Concorde. Une distraction qui aurait pu coûter très cher sans un honnête homme qui a désiré garder l'anonymat et qui a refusé une prime...

Bon, si on avait insisté, j'aurais accepté, c'est sûr. Pareil qu'à l'apéro. On dit qu'on ne veut pas déranger, qu'on a du taf, la prochaine fois O.K., et on repart avec quatre Pernod dans le nez. J'avoue, j'apprécie les boissons anisées. C'est démodé, les jeunes préfèrent se défoncer au kalimotxo ou au calimutcho, je ne suis pas sûr de l'orthographe. C'est un mélange de vin et de coca. Il faudrait que je sois en rade de Ricard pour me biturer de la sorte. De toute façon, moi, les cuites, j'ai passé l'âge. Se réveiller le lendemain avec une enclume à la place du cerveau, c'est plus mon truc. Par contre, dès que le printemps revient, après le turbin, deux ou trois mauresques — on ajoute du sirop d'orgeat — ça rafraîchit le gosier. Je savoure les perroquets aussi — on aromatise avec de la menthe. Certains s'allument au mazout — pastis et coca — ou à la tronçonneuse — on remplace l'eau par de la bière. Franchement, il y a des malades sur cette terre. Donc, moi je… je… Désolé. Je vais reprendre au début.

Encore un pas, puis un autre, j'ouvre les yeux et là je découvre… une main qui déballe un étui de violon. Elle appartient à un type du genre clodo chic. La quarantaine, pas si mal fringué que cela, la déchéance doit attaquer depuis peu, cheveux gras, barbe de trois jours, à la Gainsbourg… À ce propos, je n'ai jamais compris ce mystère. Par quel miracle arrivait-il toujours avec une barbe de trois jours ? Moi, si j'en veux une eh bien, logiquement, il me faut patienter trois jours. Le matin suivant, je me rase. Et le temps d'en fabriquer une autre, il me faut trois jours. J'en ai déduit qu'il devait fixer précisément les dates de ses interviews.

— Allo, Michel, tu dis jeudi neuf ? Non, ce n'est pas possible.

— Avez-vous un concert de programmé ? Mon ami, je vous en conjure, consentez à un petit effort. Vous pouvez sûrement le cumuler avec une télévision. Songez à vos admirateurs, aux millions de téléspectateurs…

— Même pour Champs-Élysées, c'est irréalisable. C'est à cause des poils.
— Mon cher maître, je vous demande pardon...
— Ouais, ça n'aura pas assez poussé. Je peux samedi onze. Ensuite, ça repousse (viser le jeu de mots, excellent !) au mardi quatorze.

Je crois que... On parlait de quoi ? D'Henri Bardouin ou de Berger, sans doute, à moins que... Bon, marche arrière.

Encore un pas, puis un autre, j'ouvre les yeux et là je découvre... un clochard B.C.B.G. Je m'arrête un instant, pose mon menton sur mon balai, je suis curieux de savoir ce qu'il a dans le ventre. Parce que moi, question musique, je m'y connais. Maman était professeur au conservatoire. Malheureusement, elle n'a pas percé. Par contre, elle a enseigné à Gérard Poulet ! Je le détestais. À douze ans, il jouait déjà du Paganini. C'était dingue ! J'ai essayé. Ça, on ne peut pas me le reprocher ! J'y ai passé des heures ! Toute ma jeunesse. J'ai tenu pour la première fois un archet à l'âge de cinq ans. Maman m'a fait bosser, un truc de malade. J'en ai répété des gammes et des arpèges. Je ne sais pas pourquoi je n'ai jamais pu tirer un son de cet instrument. Avec le recul, je pense que je n'avais pas hérité des bons gènes. J'avais dû prendre ceux de mon père, un fainéant il paraît, qui s'est évaporé à ma naissance. Le violon est beaucoup plus difficile que le piano. Pour obtenir une note dessus, il suffit d'appuyer sur une touche. Et ça sonne bien. Évidemment, s'il est accordé. En revanche, dans le cas du violon, il faut créer la note. Il faut placer ses doigts au bon endroit, exactement. Et si on se trompe de quelques millimètres, qu'est-ce que je dis, un micron oui ! Et si on se loupe d'un chouïa, ça miaule. Et quand le violon sonne faux, c'est abominable, c'est une torture. Et la

différence entre Gaston Poulet et moi, entre l'enfant prodige et le minable, entre celui qui, admirable, brille sur scène et celui qui enrage dans la salle et que l'on méprise, il n'y a qu'un poil de la barbe de trois jours de Gainsbourg.
— Mon fils, si tu ne bûches pas plus, tu seras balayeur dans les rues !

Combien de fois je l'ai entendu cette ritournelle. Et Maman qui hurlait ! Cette voix horrible qui sifflait dans les aigus. Pourtant, des exercices, qu'est-ce que j'en ai bouffé, môme. Ça devait être un supplice pour les voisins. Entre le gus qui fait grincer son violon et la mère qui gueule ! Bon enfin, c'est loin, tout ça. Le comique, j'avoue que ça ne fait rire que moi, c'est que je ne nettoie pas la chaussée, mais le sous-sol. Au chaud l'hiver, au frais l'été ! En quatre-vingt-onze, j'ai eu la trouille. La mère Évin m'a foutu les foies avec sa putain de loi. Si les mecs ne fument plus dans le métro, on va me virer. Le chômedu, ça ne me faisait pas marrer ! Heureusement, j'ai pu compter sur la solidarité des gens. S'ils ne jettent plus leurs mégots par terre, ils laissent des mouchoirs, des papiers, des emballages de sandwich… J'ai été rassuré, j'ai pu continuer à vaquer. Donc… je ne sais plus trop pourquoi je causais législation du travail… Le mieux, c'est que je reprenne au début.

Encore un pas, puis un autre, j'ouvre les yeux et là je découvre… un violon. Le clodo assez bien conservé sort un bout de bois correct. À vue de nez, ce n'est pas un Stradivarius, quoique ce soit facile de confondre. L'artiste est maniéré, il prend son temps avant de coincer son instrument sous son menton. Et là, je m'apprête à rigoler. J'attends la fausse note, le déraillement, le couinement. Je m'y connais, j'en ai tellement fait. Le type, après tout un cérémonial, va se lancer, il inspire, ferme les yeux, affecte un air grave, une mimique à la con et au dernier moment, il arrête tout et il me dévisage. Moi, on ne me le fait pas. Je l'attends au tournant le SDF. Par contre, je ne suis pas un rat. Je suis prêt à lâcher une pièce, à condition qu'il tire un son juste de son engin. Il jacte dans ma direction. Je regarde autour de nous. Je suis le seul à m'intéresser à lui. Les autres, comme d'habitude, ils courent, ils voient que dalle. Il s'adresse à moi, c'est sûr. Au fond, j'éprouve de la peine pour ce pauvre gus.

— Monsieur, quel morceau désirez-vous que je vous interprète ?

Le con, il me donne dans du « monsieur ». Je n'y crois pas. J'en reste bouche bée.

— Je peux vous jouer *Ah ! le petit vin blanc* si vous voulez.

Voilà que le poivrot se fout de ma gueule ! J'ai envie de le provoquer en exigeant un caprice de Paganini, mais je me ravise.

— Partita en ré mineur.

S'il me demande de qui, je n'aurai même pas besoin de l'écouter, je saurai de suite que c'est un charlot. Dès les premières notes, des frissons parcourent mon corps. Je n'ai jamais entendu une sonorité pareille. Le son profond, moelleux, merveilleux. Je me dis que je rêve. Non, en réalité, je ne me dis rien. C'est un magicien. Je repense à Heifetz. C'est carrément supérieur. Incroyable ! C'est complètement dingue. La musique de Bach me transporte. J'aimerais que Maman soit là pour partager mon émotion. J'ignore ce qu'elle dirait. Je me sens mal. Je vais m'évanouir. Mes guibolles ne me tiennent plus. J'assiste au truc le plus invraisemblable de ma vie, mieux qu'un récital de Milstein. Quelle technique de fou ! Le son qui s'échappe est plus doux que celui de Perlman. Lui aussi, je l'ai vu en concert qui s'avançait en boitillant et qui jouait du Bazzini assis. Mais là, un son plus rond que le grand Itzhak Perlman sur son Stradivarius de 1714 (je me souviens encore de la date, moi qui ai une passoire en guise de mémoire), c'est totalement délirant ! Dans le métro, avec les rames qui couinent lorsqu'elles se ferment. Je désire arrêter tous ces imbéciles qui courent, arracher les casques qui déversent dans leurs cerveaux dégénérés cette chiasse de top cinquante. Écoutez la beauté bande d'idiots ! Y a un mec qui joue tel un dieu et personne ne l'entend. Je veux crier, stop, urgence, arrêtez les machines, prêtez l'oreille au génie de Bach et à ce pauvre type qui a tout compris donnant de la joie comme moi j'aurais tellement rêvé en répandre.

Et puis, au bout d'un quart d'heure, une éternité, une parenthèse de félicité intégrale, je ne sais plus, l'archet se suspend, la dernière note vibre longuement et le clochard me regarde avec une telle douceur dans le sourire.
— Ça vous a plu ?

Je suis incapable de prononcer le moindre mot. J'ai sangloté comme un con pendant tout le morceau. Muet. Exprimer quoi ? C'est grandiose, immense, magnifique, confondant, il a ressuscité Oïstrakh, moi qui ai arrêté d'écouter de la musique à sa disparition par fidélité à son génie. En tremblant, je m'approche de mon pochetron, je m'agenouille et je baise sa main. Je suis con de faire la révérence à un SDF, par chance, pas un pèlerin ne nous remarque. Je finis par me reprendre.
— Je n'ai pas d'argent sur moi, mais je vais vous céder tout ce que j'ai, mon livret A. Ce n'est pas terrible, néanmoins il faut absolument préparer les concours internationaux les plus prestigieux. Vous avez un talent inouï. Cessez de faire la manche. Je vous achèterai une queue-de-pie, si vous ne savez où crécher la nuit, je vous logerai chez moi, dans mon deux-pièces. Vous dépassez Stern, Heifetz, Menuhin. Par loyauté, je m'étais interdit de m'intéresser à la génération

montante depuis la mort des grands que j'estimais impossible à égaler. Et vous, vous venez de les surpasser !

— Trop d'honneur. Cependant, grâce à vous, je viens de gagner un pari avec mon frère. Gautier pensait que si je jouais dans le métro, personne n'y prêterait attention. Il joue divinement du violoncelle. Heureusement que vous étiez là, sinon je crains que pas un seul Parisien ne se soit arrêté pour m'écouter.

Les artistes sont étranges. Pourquoi me parle-t-il d'un pari ?

— Ce soir, je jouerai dans le triple concerto de Beethoven, salle Pleyel. Voici un billet gratuit. J'y pense, nous ne nous sommes pas présentés. Renaud Capuçon, enchanté.

Il me serre gentiment la paluche. C'est bien la première fois qu'un clochard m'invite à un récital.

Trompe-l'œil
Pierre Buffiere de Lair

Arnolfini était en train de penser qu'il fallait se lever et commencer sa journée. Du moins, c'est ce qu'il croyait, et le plus sincèrement du monde. Dans ces cas-là, il convenait donc de poser un premier pied au sol, et le reste suivait en général assez mécaniquement. Sans plus de cérémonie, il se retrouva ainsi devant les tentures qui laissaient filtrer un mince filet de lumière et les écarta d'un geste sec. Le grand parc dévoila instantanément la belle ordonnance de ses allées ratissées et de ses massifs rassurants. De sa fenêtre, il pouvait embrasser, au-delà de l'immense terrasse, l'agencement rationnel du lacis des sentiers capricieux, la sagesse de toutes ces tonnelles fantasques et la disposition harmonieuse des bosquets les plus sauvages.
Mais il se dit qu'il n'était pas là pour peindre des oxymores, bien que leur présence permanente dans les jardins tentât parfois son pinceau. Puis il douta un instant de cette idée inopinée, mais partit tout de même résolument chercher sa blouse qu'il passa résolument par-dessus son pyjama. Il aimait, dès les premiers rayons du jour, composer sa palette et l'adapter à l'humeur de ce moment privilégié. Il déplaça son chevalet derrière les carreaux, y installa une toile vierge et se mit en position pour commencer. Dans sa tête défilaient déjà toutes les teintes qu'il devrait employer pour restituer les subtilités de ce matin de mai : des verts olive fondants et des bleu-gris attendrissants, ou des nuances lie-de-vin et jaune-orangé pour rendre la dentelle des flots de

pétales et de feuilles sous le ciel généreux. Mais, encore une fois, il n'était pas là pour accorder grammaticalement des couleurs. Il devait juste les assortir...

Pour lever ses doutes, il se décida à aller prendre le café qu'habituellement il réservait à un moment plus tardif. L'amertume du breuvage, jointe à la pointe aiguë de la caféine, lui redonnait tous les moyens de repartir *en campagne*. Au retour, il se campa à son ouvrage, mais fut surpris de découvrir un horizon perturbé. M. Escher, son voisin, ce cher monsieur Escher qui se piquait de talents picturaux, venait d'installer son propre attirail devant lui, sur la terrasse. Moins frileux, certes, mais plus sans-gêne, il avait sous ses yeux déballé chaise et chevalet. Et il s'apprêtait maintenant à peindre les mêmes choses que lui. Il ouvrit donc la porte-fenêtre et l'apostropha ainsi :

— Vous ne pouvez vous poser là, c'est ma vue...

— C'est la mienne aussi, peignez-moi !

— Que je vous peigne ? Et pourquoi pas la girafe, tant qu'on y est ?

— D'accord ! Je tendrai le cou, et vous, vous tenterez le coup, allons-y !

Il revint furibond à l'intérieur et tourna la crémaillère pour ne plus avoir affaire à cet imposteur. Et puisqu'on lui posait un défi, il le relèverait, oh que oui ! Puisqu'on le provoquait, il le représenterait cet olibrius, cet empêcheur de croquer en rond ! Il en ferait une silhouette ridicule sur le bord de sa toile, une ombre indistincte et une tache inintelligible au commun des mortels. Il se saisit de ses pinceaux et commença à esquisser.

Le cadran solaire indiquait quelque chose comme dix heures, lorsqu'il vit son autre voisin du rez-de-chaussée, monsieur Édouard, rappliquer avec son matériel et son chapeau de paille. Il disposa avec quelque ostentation son

tabouret et déplia son propre chevalet devant celui d'Escher, qui le suivit longuement des yeux, pinceau levé, sans bouger le petit doigt. Cette posture immobile lui donnait de dos un air assez ridicule, celui de pasticher disgracieusement l'*Apollon au buis*, cette médiocre statue qui ornait la cascade du fond du parc que lui, Arnolfini, avait justement projeté de représenter et que les silhouettes des deux hommes lui masquaient maintenant.
Jugeant la situation pénible, voire déplaisante, il ouvrit la porte-fenêtre et se dirigea avec détermination vers Édouard, décidé à lui dire au moins ses quatre premières vérités. D'abord, qu'il le considérait comme un peintre du dimanche et qu'on était un jour de semaine. Deuxio, que la terrasse était immense et qu'il pouvait fort bien tenter de barbouiller la grande volière depuis l'aile sud, d'autant que la lumière y serait superbe en fin de journée. Tertio, que son chapeau à la Cézanne était parfaitement prétentieux, et que pas plus que son père n'était vitrier sa mère n'était chapelière. Il s'aperçut alors qu'il avait oublié son quarto dans sa hâte, et qu'il ne le retrouverait sans doute plus.
Édouard n'était au naturel pas plus haut que trois pommes flétries, et encore, assis, n'en valait-il guère plus que deux. Arnolfini fut donc obligé de descendre une marche devant lui pour lui débiter droit entre quatre yeux ses remontrances calibrées. Et comme cela venait de lui revenir en tête, il ajouta qu'il n'avait pas de place pour sa personne sur sa toile et qu'il ne lui ferait pas l'honneur de l'insérer dans son tableau. L'autre ne broncha pas et lui fit comprendre qu'il l'avait reçu cinq sur cinq, mais qu'il ne bougerait pas d'un pouce — il était anglais d'origine —, qu'il avait de la chance qu'il n'ait pas coiffé son melon — qui aurait produit un effet bien pire —, et qu'il abhorrait l'aile sud — ce qui était son droit.

En revenant agacé vers sa baie vitrée, Arnolfini jeta un coup d'œil soupçonneux au travail d'Escher ; celui-ci avait déjà passablement avancé son ouvrage et, mieux placé que lui, avait pu figurer la cascade et sa châsse de verdure. Mais il n'avait pu résister à la tentation de ripoliner dans le bas du coin gauche la silhouette insignifiante d'Édouard en train de peindre, surmontée de son non moins stupide bibi. Malgré ce signe évident de servilité, destiné à esquiver tout conflit avec son voisin, le résultat avait quelque chose d'étonnant : un mélange de grâce de la Nature et de médiocrité civilisée, un hybride de la fluidité du paysage et de la grossièreté de la présence humaine. Il se dit que c'était ce que l'on pouvait appeler du *post-avant-gardisme*, mais se garda bien de théoriser là-dessus.

Il n'empêchait que l'idée le taraudait. Revenu dans son « atelier », assailli d'idées, il se saisit d'une toile plus grande et se mit en demeure de reprendre l'œuvre en entier. Il dessina tout d'abord sur le pourtour l'intégralité de la fenêtre, de l'embrasure aux charnières et de la crémaillère aux fins croisillons des carreaux de verre. Puis il inséra la forme massive d'Escher à cheval sur sa chaise, le pinceau appliqué sur sa croûte, appliqué lui-même à rendre vivante la scène que composaient devant ses yeux ce cher Édouard sur tabouret, son tableau et le fond du parc tel qu'il le percevait. Ensuite, il lui fallut représenter la vision que lui, Arnolfini, avait de cette même situation, mais légèrement décalée.

Il était près de dix-huit heures lorsque épuisé, ventre horriblement creux, il mit la dernière touche à sa propre illustration du fond du parc, de la statue et de la cascade. Le soleil couchant baignait tout maintenant d'une luminosité tendre et moqueuse, et il dut rajouter à plusieurs reprises des ocres et des roux pour traduire cette somptuosité de septembre. Il achevait une dernière feuille volante de bosquet lorsqu'il s'affala lourdement...

Attirés par le bruit, les deux autres compères qui devisaient à la balustrade depuis un bon moment accoururent à son secours. Tâtage de pouls, test de pupille, réflexe du genou, massage cardio-vasculaire, tirage de la langue, les deux infirmiers novices tentèrent tout pour ramener à la vie le corps bien vivant de leur confrère. Peine gagnée ! Celui-ci se releva en les invectivant vertement :

— Dégagez, c'est mon œuvre !
— Mais vous êtes en état d'*hippoglissie*, vous devez manger !
— Dégagez, vils sujets !
— Calmez-vous, nous appelons les *infirmanciers*...
— Dégagez !

Ils le laissèrent donc et tout en dégageant, ils tombèrent en arrêt devant le tableau que la victime avait commis dans leur dos. Qu'était-ce donc que cela ? On s'y mouvait comme dans une galerie des glaces, le regard rebondissait sans fin d'un bord à l'autre, boule de billard ou palet de hockey. Des quatre cascades figurées sur la toile, aucune n'était vraie, mais chacune était méritée. Et chacun des deux se reconnut à sa place, qui objet de dérision, qui sujet de Sa Majesté l'Art.

À l'arrière du bâtiment principal, le directeur de l'hôpital et un de ses collaborateurs discutent en fumant une cigarette avant la fermeture des portes et fenêtres.

— On nous a vendu cet atelier de peinture thérapeutique comme un sédatif, et c'est une hécatombe !
— Je le sais, mais avec ces zèbres d'aliénés !
— Eh, chef, vous avez vu le tableau d'Arnolfini ?

— Non. J'ai demandé qu'on le cède à l'association *Asile Arts Naïfs*.
— C'est dommage. C'est vraiment tout en profondeur.
— Alors, mon cher, faites-en une nouvelle ; écrivez, cela vous fera du bien. Tenez, intitulez-la donc *Trompe-l'œil* : ça sonne bien et cela donnera un peu de fil à retordre au lecteur.

Chloé : 38
Marlène Lafont

Ce doute, anodin, Chloé l'accueille quand elle n'a pas encore six ans. C'est une idée, comme un brouillard, qui s'immisce lentement, doucettement. Elle confine au flottement inconsistant, n'atteint pas encore le mot, le concept. C'est une étreinte gênante, furtive. L'impression abstraite que, de temps en temps, cela cloche. Qu'elle cloche, plus précisément.

Un conglomérat de regards, c'est cela qui a dû construire le doute. Ce coup d'œil rapide, à la danse, de l'adulte agréée. Cet autre, des parents d'élèves, au spectacle de fin d'année. De la maîtresse, des animateurs, de sa tante. Trop nombreux, trop cohérents, pour n'être que le fruit de son imagination. Autant de traits rapides, presque inexistants, qui entaillent sa confiance.

Une crainte mystérieuse s'installe dans son estomac, prenant ses aises dans ses entrailles.

La comparaison tuméfie le doute. À bien y regarder, elle n'est pas comme les autres, si mignonnes, si fluettes, si conformes à ce qu'on attend d'elles.

Le sens commence à advenir. Ses parents ont l'air inquiets, ou en colère. Ils discutent d'elle, non ? Mais oui, ils la regardent, c'est bien elle, la source de ces tourments, des sourcils froncés de Papa. Et ces réflexions furtives. Il faudrait qu'elle *fasse attention*. Et ces rides soucieuses quand ils disent, au restaurant : tu es vraiment sûre que tu veux ce plat ? Tu es vraiment sûre que tu veux tout manger ? Enfin ces reproches feutrés, chuchotés aux grands-parents après les vacances. Il fallait qu'elle *fasse attention*, enfin !

Chloé ne sait pas vraiment ce que cela signifie, d'abord, *faire attention*. Mais cela sonne euphémisé. Elle en conclut que son état doit atteindre la gravité de l'ineffable.

Les signes de son inadéquation se font plus prégnants. Elle n'entre jamais, toujours elle dépasse. Elle écrase les étiquettes. Son corps déborde, excède. Elle est une transgression.

Puis vient le nombre, énorme, colossal. L'infirmière scolaire assène : elle est sur-, trop, attention, Chloé. L'infirmière scolaire fronce les sourcils : il faut diminuer les gâteaux ! L'infirmière scolaire rit. Ces lunettes laides sur ce nez laid, cette bouche laide, grande, qui rit et dont les dents la lacèrent. Chloé a envie de pleurer, mais elle est trop fière. Pas question de montrer sa faiblesse. À la sortie, elle ne dit rien à ses amies, elle se tait. Les autres comparent leur chiffre, si ridicule, si minuscule. Si mignon, dans sa conformité.

Son chiffre, 38 kilos, Chloé ne peut le supporter. 38 kilos qui l'identifient, la résument. L'infirmière a noté. Chloé : 38. 38 kilos, c'est son corps, c'est elle. 38 kilos de honte, autant dire une tonne de douleur, de dégoût. 38 kilos à vomir. Elle est à vomir.

L'idée prend la consistance du concept : elle est grosse. C'est un fait irréfutable, validé par la science et l'objectivité. Une petite fille est trop difficile à résumer en mots. Le nombre, lui, est puissant et il a gagné.

Suite au déménagement de ses parents, Chloé change d'école. Maintenant, les filles ne font plus de danse, mais de la natation. On ne sait pas qui a commencé, mais c'est entendu : il faut faire de la natation. Chloé supplie sa mère, Chloé attend son inscription comme si sa vie en dépendait.

L'année suivante, elle prend sa trottinette, la dépose dans les vestiaires, entre en contact avec l'eau chlorée. Elle aime cette sensation, cette surface aqueuse qui l'enveloppe, qui la porte, bientôt. Elle avance, elle est légère. Elle progresse. On lui demande de changer de ligne, elle ne comprend pas. Mais c'est qu'on estime qu'elle est digne des lignes plus rapides. Elle en est fière. La trottinette roule vite sur les trottoirs en pente de sa ville. Cette sensation de vitesse du vent dans ses cheveux mouillés. Chloé flotte.

Son entraîneur, Lucie, l'inscrit à une compétition. Chloé ne veut pas vraiment, mais n'ose pas dire non. Le midi, elle n'arrive pas à avaler quoi que ce soit. C'est une première, Chloé qui ne mange pas ! Sa mère rit. Mais les entrailles de Chloé sont nouées. Elle a peur, son 25 mètres brasse, c'est devenu toute sa vie. Elle plonge, respire, vite, enchaîne les mouvements, vite, boit à moitié la tasse, vite. Elle est classée deuxième, elle monte sur la deuxième marche du podium, un vrai podium, installé pour l'occasion. Sa course fut chaotique, inefficace, elle ne sait pas encore qu'il faut glisser sur l'eau. Mais ce qu'elle sait, c'est qu'elle a fait des efforts, et que ça a payé. C'est simple.

Chloé se découvre un amour de la gagne. C'est décidé : elle veut réussir, être la meilleure, la première. Rendre ses parents aussi fiers que lorsqu'ils l'ont vue, sur ce podium.

Elle sera parfaite. On arrêtera de s'excuser de son corps. *Elle va s'affiner en grandissant*, répète chaque année sa grand-mère lors de la cousinade de juin.

À dix ans, elle prend la décision de changer de vie : devenir mince. Elle arrête les gâteaux apéritifs. Elle arrête le pain. Elle arrête les goûters. On s'extasie : qu'elle est raisonnable ! C'est bien, Chloé. Elle mâche des chewing-gums pour oublier qu'elle a faim.

Cela ne dure qu'un temps. Aux anniversaires de copines, elle ne peut se retenir. La rareté de l'occasion crée l'urgence. Chloé se gorge de nourriture jusqu'à l'implosion. Sa grand-mère dira que c'était la faute de sa mère, qui l'avait trop nourrie, bébé. Elle était arrivée prématurée, si petite. Il avait fallu la faire grandir, vite. C'était rassurant, alors, de voir son corps s'épanouir. Mais on ne s'était pas arrêté assez vite. C'était une fille et on ne lui avait pas appris tout de suite le petit, le mignon, c'est-à-dire la raison, c'est-à-dire le contrôle. Chloé avait avalé, comme un garçon, comme un ogre.

À la fin de son année de sixième, elle fait des listes, dans son journal intime.

J'adore : voir mes amies, les cours de maths, nager, lire des bandes dessinées allongée sur mon lit.

Je déteste : mes 50 kilos, mon corps, moi.

Le « kilos » est écrit en appuyant trop fort sur le papier.

Quand Chloé essaie de *faire attention*, elle échoue, toujours. Pourquoi ? se demande-t-elle. Elle est si nulle, incapable de discipline. Elle finit par engloutir des gâteaux quand on ne la surveille pas. La frustration double ses envies. Elle n'y arrive pas. Heureusement, il y a l'école, où elle brille ; la natation, aussi.

Ses parents divorcent. J'ai rencontré quelqu'un, lui dit Maman. Oui, et ? Ah, ce quelqu'un. Alors, c'est vrai, ce qu'on dit, que ce n'est pas seulement l'affaire des autres, le divorce. Que le monde peut s'écrouler comme son père dans ses bras.

Entre père et mère, Chloé se partage. Le nouveau compagnon de Maman a une fille de six ans, toute maigre,

Emma. On s'inquiète : elle est trop mince, Emma. Il faudrait qu'elle mange davantage, Emma. Veux-tu un chocolat chaud, Emma ?

Pour Chloé, le placard à goûter est fermé à clé.

Semaine A, semaine B. Deux faces de la même course vitale, où il faut tenir. Chloé enchaîne, garde le rythme. Il faut qu'elle y arrive, qu'elle soit la meilleure. Collège, entraînements de natation, collège, musculation, collège, dépression de Papa. Il leur répète, chaque jour, qu'il les aime. Ça fait mal. Elle aimerait un papa fort, taiseux, un roc. Elle est obligée d'être soutien, elle ne le veut pas. Elle lui en veut de ne pas être plus fort, de ne pas les protéger de sa souffrance.

Fatiguée, un jour, elle ne va pas à l'entraînement de natation. Alors comme ça, c'était si simple, de lâcher ? La culpabilité l'étreint. Elle mange, pour oublier. Elle sèche l'eau. Un jour, deux jours. Elle se distrait de son étreinte en regardant la télévision. Tout, voracement, tant que cela l'empêche de penser à ce qu'elle ne fait pas. Elle s'enlise. Elle ingurgite les émissions. Elle cherche la clé du placard à goûter. Quand il n'est pas fermé, miracle, elle se goinfre pour tenir jusqu'au prochain oubli. Elle se cherche des excuses. La piscine ; mais elle a ses règles, elle ne peut pas. Quand sa coach part en congé maternité, c'est l'occasion. Elle n'y retourne plus du tout. Elle n'y arrive pas, elle n'y arrive plus. De toute façon, elle ne rentre plus dans son maillot.

Elle ne rentre d'ailleurs plus dans grand-chose. Chaque fois, cette même désillusion dans les cabines d'essayage, cette envie de pleurer, de meurtrir ce corps trop gros qu'elle aperçoit dans la glace.

Elle voudrait plaire aux garçons. On lui dit qu'elle a un joli visage. On n'ose rien dire d'autre en sa présence.

Elle grossit. Ses seins sont trop gros. Elle voudrait les compresser, les faire disparaître. Mais ils restent là, lourds, à se balancer en cours de sport, à lui faire mal.

Elle tente des régimes, ne mange plus rien de sucré pendant une semaine, craque le samedi.

Un été, sa mère la fait courir, surveille drastiquement ses portions, pèse tout. Elle perd deux kilos, fait des cauchemars où elle mange des Kinder bueno. La semaine suivante, chez ses grands-parents, elle ne tient plus, mange du chocolat, donc des gâteaux, donc du pain, donc de nouveau du chocolat. Elle a touché à l'interdit, maintenant qu'elle est coupable, autant l'être complètement. Et sa culpabilité est étouffée sous l'amas de nourriture.

Elle se sent seule, laide ; on ne peut pas vraiment l'aimer. Il paraît que Justine a dit qu'elle courait comme une baleine. Le placard à goûter est toujours fermé. Mais elle se sent vide, triste. Elle a besoin de se remplir, de n'importe quoi, pourvu qu'elle comble ce creux, ce vide. Elle se rabat sur le frigo ; que des choses qu'elle n'aime pas. Elle mange trois yaourts, des gaufres à moitié surgelées, cache les paquets vides sous les autres déchets dans la poubelle. Elle se remplit jusqu'à avoir mal au ventre. Elle se sent mal, tellement mal, mais c'est surtout parce qu'elle a envie de vomir. Elle voudrait vomir, essaie, n'y arrive pas. Elle descend au sous-sol, fait deux heures de vélo d'appartement, pour essayer de se purifier, de faire sortir cette graisse qui l'asphyxie. Le soir, dans son lit, elle rêve du jour où elle sera mince, où tout le monde l'enviera, où les garçons seront tous à ses pieds. Elle se promet que le lendemain, c'est fini, elle fera attention. Au petit-déjeuner, elle mange ses trente grammes de céréales, comme Maman a dit. Le midi, elle regarde les autres manger des frites à la cantine. Le soir, fatiguée, vide, elle se rue sur le frigo, le placard, le pain de mie, le fromage blanc, le muesli-pas-bon-de-Maman. Elle fait deux heures de vélo d'appartement. Elle se promet que c'est la dernière fois.

Elle grossit, elle transpire. Elle est grosse, comme elle l'a toujours été, mais toujours plus. Elle frise les 80 kilos. Trop, ou rien, toute sa vie se réduit à cette alternative.

Elle finit le lycée, poursuit ses études plus loin, seule. Enfin, elle est libre de manger ce qu'elle veut. Enfin, elle fait des essais, mange des blinis avec du tarama, du carpaccio, des gâteaux. Enfin, l'interdit devient accessible. Ces boîtes colorées que connaissaient bien les autres enfants, ces gâteaux défendus, merveilles mauvaises, là, sous ses yeux, sous ses mains, dans sa bouche.

Elle mange mal, mais elle court le dimanche.

Un jour, elle prend une décision, toujours la même, depuis ses dix ans. Elle va maigrir, pour correspondre aux standards, pour leur faire voir, à tous. Pour gagner l'avenir dont elle rêve. Quand elle sera maigre, elle sera heureuse, c'est sûr. Presque par magie, cette fois-ci, elle s'y tient. Elle mange moins. Le soir, de la soupe lyophilisée et une tranche de pain de mie avec de la compote. Elle maigrit un peu. Les garçons commencent à la remarquer. Elle s'abonne à *Elle*, comprend qu'elle ne rentrera jamais dans les tenues proposées. Elle adore la mode. Elle décide d'écouter les rumeurs de son enfance : elle va vraiment *faire attention*. Elle rate son concours, mais perd quatre kilos : quelle réussite !

Elle rencontre un garçon en cours de danse. Il a 28 ans. Elle couche avec lui, sort avec lui, tombe amoureuse de lui. Cela devrait être parfait, le bonheur. Mais la gêne recommence. Est-ce normal qu'il ne veuille pas dormir avec elle, qu'il lui parle sans arrêt de ces filles si belles, si minces ? Elle ne sait pas. Elle devrait être heureuse pourtant. On lui avait toujours dit que l'amour rend heureuse.

Il lui demande si elle l'aime. Elle voudrait lui répondre que c'est lui, plutôt, qui ne l'aime pas. Mais elle a trop peur de la réponse pour oser poser la question. Bien sûr qu'elle l'aime. Elle l'admire.

Il oublie leurs rendez-vous.

Elle décide qu'elle deviendra une bombe, pour lui montrer. Il va se pavaner avec elle à son bras, dans quelques mois. Elle s'en moque d'être intelligente ; là, ce qu'elle voudrait, c'est être un bel objet.

Elle se met à faire des vidéos de Pilates sur YouTube, s'intéresse à la diététique, commence à différencier les sucres lents, les sucres rapides. Elle essaie le jeûne intermittent. Cela fonctionne timidement.

Il la quitte. Elle se sent plus grosse et laide que jamais.

Tant pis pour lui. Elle se dit qu'elle va devenir plus belle et sexy que jamais. Pour lui montrer. Comme ça, il regrettera.

Elle télécharge une application, note tout ce qu'elle mange, découvre qu'il y a du sucre, tellement de sucre, dans les fruits, que le pain, elle ne peut en manger qu'un tout petit morceau. Chaque soir, quand elle valide son journal, l'application lui indique le poids qu'elle fera dans un mois, si tous les jours ressemblaient à celui-ci. Cela la motive, elle veut faire apparaître un 5. Elle mange des flocons d'avoine, arrête la viande, réduit ses quantités. Elle fait du sport le matin, à jeun. Le poids indiqué sur l'application est de plus en plus bas. Elle se donne des défis : manger moins de 1400 calories par jour. Elle arrête le chocolat, les glucides le soir, les fruits. Elle refuse les dîners et les sorties. C'est bien connu, il n'y a que des chips dans les soirées. Elle retourne une fois par semaine à la piscine. Ce n'est plus pour le contact de l'eau ; elle veut brûler des calories.

Enfin, elle entre dans de nouveaux habits. On la complimente, on la dévisage dans la rue. Elle est tellement heureuse.

Elle ne met plus de raisins secs dans ses flocons d'avoine.

On lui demande ses astuces pour perdre du poids.

Elle arrête la collation de 16 h.

On lui demande si elle est mannequin.

Elle est tellement admirée, tellement aimée. Sa cousine lui lance qu'elle est un squelette. Enfin, elle est jalousée ! Qu'importe qu'elle ait froid, qu'elle ne dorme plus.

Elle ne voit plus personne, mais elle est tellement accomplie : elle entre dans du 34, elle, Chloé ! Elle peut tout se permettre, achète des vêtements, est respectée des vendeuses. Elle est seule, mais elle respecte ses programmes alimentaires et sportifs. Elle a juste un peu mal à la hanche. Et au genou aussi. Et puis, elle aimerait bien dormir un peu.

C'est tellement bon de humer de la cannelle, du chocolat en poudre ! Et cela, sans calories ! Ah, l'odorat !

Un garçon, rencontré sur Tinder, ne la rappelle plus. Elle avait retenu ses larmes lorsqu'il lui avait proposé un tiramisu. Tant mieux : elle n'aura pas à manger du mascarpone, elle restera belle.

Elle est tellement sexy qu'elle entre dans du 12 ans. Elle ne se pèse plus ; elle est mince. Bon, pas si mince que cela, elle a encore des bourrelets, quand elle se regarde dans la glace. Un peu de sport et cela partira. Elle en fait deux heures par jour. Elle va toujours à la piscine, mais l'eau est de plus en plus gelée. Elle n'est pas gênée par ses règles, elle n'en a plus. Quand elle va courir, c'est génial : elle ne transpire plus du tout. Elle a l'air fatiguée, mais ça, c'est parce qu'elle ne dort pas. Surtout parce qu'elle a mal à la hanche. Et au genou. Et un peu au bras.

Quelques amis jaloux s'inquiètent. Sa mère aussi. Cela lui semble drôle, elle qui a pourtant accompli tout ce qu'on désirait d'elle depuis vingt ans.

Un matin, elle se lève, toujours fatiguée. Un coup d'œil dans le miroir : bon, un peu grosses, ces cuisses. Enfile un short, une brassière, se détaille. On voit quand même beaucoup ses gros mollets. Elle est fatiguée, mais il faut qu'elle aille courir : elle a mangé une pomme hier soir. Si elle ne l'élimine pas, tout redeviendra comme avant. Maintenant, sa mère l'appelle pour demander des nouvelles. Si elle grossit de nouveau, ils riront bien, tous les jaloux d'aujourd'hui. On se désintéressera d'elle à nouveau.

Elle court, court, court. Mais ses jambes ne la supportent plus très bien. C'est dur. Elle va tomber. Elle tombe. Son cerveau la lâche. Son cœur bat la chamade, son cerveau l'abandonne. Elle tombe. Tout s'arrête. Elle ne pouvait plus se porter. Chloé : 38 kilos.

Vive le roi !
Marc Gérard

Ce soir, je vais enfin pouvoir essayer la machine à voyager dans le temps de Nov...

Nov, c'est mon meilleur pote. Il bosse sur son invention depuis déjà soixante-quinze ans. C'est vous dire s'il a eu le temps de la perfectionner. D'un autre côté, faut bien dire que nous n'avons plus que ça à faire, nous les humains augmentés : bricoler. Depuis que les machines ont pris les rênes du monde, il ne nous reste plus grand-chose. Certains, comme moi, préfèrent passer leur temps infini à glander. Nov, lui, s'est mis en tête de fabriquer un engin capable de le ramener dans le passé. Je crois bien qu'il en a assez du présent et de cette quasi-immortalité stérile. Du coup, les deux décennies précédentes, déjà, il les a occupées à étudier tous les rouages de l'espace-temps. Il connaît les paradoxes temporels sur le bout des doigts, peut situer les trous de vers les plus proches, maîtrise parfaitement la *Quantique des Quantiques*... C'est devenu une tête mon copain !

Moi, à l'inverse, étudier c'est pas mon truc. Je préfère les *vidgames,* les *hologs* et les *spacechorus*. Tout ce qui fait qu'en s'amusant le temps paraît moins long. Tout ce qui permet de rêvader, en quelque sorte. J'aime aussi les longues balades en skateflex à l'intérieur des tubes à la lueur des néons chromatiques. La nuit, sous les dômes, je pars en chasse à la recherche de quelques centilitres d'*Exta*, la came extra. En faisant gaffe à ne pas se faire repérer par les *Œils*, il y a toujours moyen de se dégotter une ou deux doses. La meilleure provient de *Belicomo2*. Suffit d'être là quand il y a un arrivage. Les pilotes des navettes n'attendent pas, en général.

Nov, avant de retourner en arrière, a tenu absolument à me persuader de l'imiter. Selon lui, on gâche notre vie ici. Trop de passé ! Trop d'avenir ! C'est ce qu'il dit. Il trouve aussi que je me dégrade d'année en année à m'injecter toutes ces saletés dans les veines. Le pied, selon lui, serait d'investir un nouveau présent dans lequel on se sente vraiment bien. Terminé l'ennui, les angoisses, les galères… Il m'a expliqué que, grâce à sa trouvaille, il nous était désormais possible de répliquer une phase entière d'un passé révolu. Comme je n'ai rien compris, il a pris un exemple :

— Imagine ! Tu décides de vivre la vie d'un personnage illustre de notre Histoire. N'importe lequel. Je ne sais pas moi : un grand scientifique, un musicien, un empereur romain… Qui tu veux. Tu peux même changer de sexe et devenir aussi bien Pasteur que Marie Curie, Néron que Lucrèce Borgia. C'est toi qui décides. Il te suffit de le vouloir et d'entrer dans la machine…

Là, j'avais compris, même si je ne connaissais pas tous les noms qu'il avait cités. Ça paraissait tentant à première vue. Par contre, sa machine ne faisait pas vraiment envie. Je la découvrais en même temps que son hologramme répétait sans cesse la pub pour son concept. Nov transmettait depuis son labo et, tandis qu'il me faisait l'article, il me zoomait la bécane sous tous les angles. Elle ressemblait à une cabine de douche avec ses parois de plexiglas et sa grosse pomme au-dessus en forme de casque de spationaute. Malgré cela, on sentait qu'il n'y aurait jamais d'eau qui sortirait de cette engeance. Trop de câbles électriques, trop d'accélérateurs à particules, trop de

circuits... Je n'ai pas pu m'empêcher de lui en faire la remarque :
— Elle est pas un peu dangereuse, ta bécane ? On a beau être quasiment immortel, c'est pas pour autant qu'on aime prendre de la haute tension dans les miches.
— Penses-tu ! J'ai tout vérifié des milliers de fois.
— Bon, si tu le dis. C'est toi l'Doc, Doc !
— Pourquoi tu me dis ça ? m'a demandé Nov.

Je lui aurais bien répondu que j'avais entendu cette réplique pas plus tard qu'il y a six ans. C'était dans un de ces *modes-ciné4D* du quartier des Buttes. Une séance par semaine. Au cours de ces séances, on vous offrait, contre une somme modique, la possibilité de rejouer certaines scènes de films datés, des classiques, en tenue d'époque, en incrustation avec les vrais acteurs. Ainsi, on pouvait se glisser avec délice dans la peau de *Tony Montana* et *d'Edward Scissorhands*. Une fois même, je m'étais substitué à *James Bond* et cela avait bien amusé mon androïde de copine à l'idée de me savoir, sur une plage, en train de câliner *Ursula Andress*. Moi qui ne sais pas nager et qui me change derrière une serviette, très loin des regards. Bref, il y a six ans, j'avais revisité un blockbuster : *Retour vers le Futur*. Du coup, son histoire de machine à voyager dans le temps, à Nov, tombait à pic.

J'aurais pu lui dire tout ça, mais ça faisait trop de phrases à mon goût. J'ai juste répondu :
— Pour rien. Comme ça...

Et puis, je me suis interrogé :
— Tu m'as dit que tu partais devant, mais pour aller où ?

Nov, toujours sa *visiocam* à la main, est revenu s'asseoir à sa table de travail. Il a fait le point sur son visage. Je ne voyais plus que sa tête. La machine avait disparu de mon champ de vision, tout comme le labo. À l'écran, il n'y avait plus que la bouille de mon pote, sérieuse, concentrée comme jamais. Sur son front, une mèche rebelle se baladait en balayant son regard comme des essuie-glaces.

— Ne m'en veux pas, a-t-il commencé, mais je n'ai pas envie de divulguer ma future — passée plutôt — destination. J'ai peur qu'en apprenant ma fuite, un de ces *Œils* qui planent en permanence vienne me rechercher. Et ce serait très mauvais pour l'humanité. Cela créerait un paradoxe temporel susceptible de déclencher sa fin. Tu comprends ? D'ailleurs, si tu décides de me suivre, je te conseille — non, je t'ordonne — d'en faire de même. Jure-le-moi !

J'ai juré. Je crois même bien que j'ai craché par terre...

**

Pendant un peu plus d'une semaine, je n'ai pas reçu de nouvelles de Nov. J'avais presque oublié son histoire de voyage dans le temps, quand deux costauds descendus tout droit de *Belicomo2* ont fait irruption sous mon dôme. Ils avaient des tronches de *grolls* et j'ai bien cru voir pointer ma dernière heure. Tout ça parce que je n'avais pas pu payer en temps voulu leur marchandise frelatée. Ils m'ont gentiment laissé un sursis avant de partir, ça et un œil poché.

C'est pour cette raison aussi que, ce soir, je me retrouve devant la machine. Avec mes derniers *coins*, j'ai pris un *taxinavette* en *codronage* pour arriver jusqu'à son gratte-terre. Nov m'a filé tous les passes et les codes nécessaires afin d'accéder au labo. Deux *robvigiles* m'ont scanné avec un sale air. Mais je suis passé en rasant les baies vitrées, mine de rien. Et me voilà, debout devant la drôle de cabine de douche ! Elle est censée m'emmener balader dans un passé que j'aurai choisi. Je regarde alentour, il n'y a déjà plus de traces de mon copain Nov. C'est tellement étrange. À croire qu'il n'a jamais existé. Qu'est-ce qu'il a bien pu choisir comme nouvelle peau ? Comme je le connais, il a dû décider d'enfiler les pantoufles d'un *Einstein* ou le plaid d'un *Hawking* quelconque. Ce n'est pas la première fois que je mets les pieds dans son labo et, d'habitude, traînent un peu partout ses tablettes, ses notes, souvent même des canettes vides et des chaussettes sales. Mais là, rien. Est-ce qu'en allant dans le passé, on emporte avec soi tout son présent ainsi que le passé de son présent ? Je commence à débloquer. En attendant, sa machine fonctionne : Nov n'est plus là. Il ne reviendra pas.

J'ai eu tout le temps de réfléchir dans le drone, à l'aller. Grâce au tuto que Nov m'a laissé sur mon flexible, ce ne devrait pas être très compliqué de faire fonctionner sa bécane. Y a juste à coiffer un casque, pousser deux ou trois curseurs, entrer une date ou un choix de personnalité, et enfoncer un gros bouton rouge. En pratique, je devrais pouvoir me débrouiller. Le hic, c'est la date…

Quitte à tout laisser, mieux vaut atterrir dans un passé sympa. Si c'est pour retrouver les mêmes galères que ce présent *postchaotique*, autant rester glander ici, me cacher quatre ou cinq ans, le temps pour mes fournisseurs de m'oublier, et laisser venir. J'ai bossé un peu notre histoire récente, mais je dois dire que rien ne m'enchante vraiment dans les trois ou quatre siècles qui viennent de s'écouler. Non, l'idéal, à mon avis, serait de retourner avant la grande transmutation, voire même à une époque antérieure à la sixième extinction. Pourquoi pas encore avant les voyages intergalactiques : le vingt-deuxième siècle. Non ! le vingtième. Ou carrément le dix-septième…

Nov m'a dit que je pouvais vivre la vie d'une grande figure de notre Histoire. Mais cela suppose une durée de vie bien plus courte que celle que j'ai déjà entamée. Même triste, les machines me l'ont promise fort longue. Il n'y a guère que quelques autochtones de *Belicomo2* pour vouloir la réduire sensiblement. Alors, il ne s'agit pas de faire n'importe quoi… Voyons, tant qu'à faire, un monarque ! Ouais, je me verrais bien en Roi de France. Inutile de m'incarner dans un traîne-savates. J'ai déjà donné, la plupart du temps. Ça doit avoir des côtés sympas : Roi. Du pouvoir, de nombreuses richesses et courtisanes… Banco ! Essayons de rameuter mes souvenirs d'études. Je ne les ai pas suivies longtemps, mais il me reste quand même quelques bribes. Quel Roi de France a vécu et régné le plus longtemps ? Louis le quatorzième ! Bien sûr, Le Roi Soleil. Il a eu des tas de maîtresses. C'est ça que je veux : être Roi Soleil.

Alors, allons-y ! Au pupitre ! Je pénètre dans la cabine avec tout de même un peu d'appréhension. Je place, comme dans le tuto, le casque que Nov a laissé pendouiller, sur ma tête. Je pousse les curseurs comme prévu et, étant nul en dates, je tape le nom du Roi Soleil sur le clavier. Je prends une profonde inspiration. Avec un léger sourire, j'ai une pensée pour les dealers, sur leur exoplanète, qui ne reverront jamais leur fric.

Une dernière difficulté : l'ordi n'accepte que les chiffres romains pour indiquer l'époque. Alors, en m'appliquant, j'écris : LOUIS… Puis, juste avant d'actionner le gros poussoir rouge, il me vient un doute. Quatorze en chiffres romains, ça s'écrit bien avec le « I » APRÈS le « V » ?

Bah, on verra bien…

Le virus de Fortescue
Luc Leens

Je ne m'habitue pas à voir la maison de mon enfance transformée en camp retranché. L'élégante clôture dont mon père était si fier est aujourd'hui serrée dans un corset d'acier de deux mètres de haut, surmonté d'un rouleau de fil barbelé dont la vue me donne la chair de poule à chacune de mes visites. Le portail en fer forgé a été remplacé par une double grille qui fait ressembler l'entrée à une cage aux fauves.

Il est dix-huit heures. Comme tous les jours depuis dix semaines, je viens déposer chez Papa tout ce dont il a besoin pour vivre et travailler dans sa forteresse. Je ne peux même pas pénétrer dans le jardin. Il m'ouvre la grille depuis la maison. Je dépose les paquets dans le sas et referme aussitôt.

Je me poste sur le trottoir d'en face pour lui téléphoner. Il sort sur son balcon. On se fait signe de la main. Malgré les vingt-cinq mètres qui nous séparent, il n'enlève pas son masque pour me parler au téléphone.
— Tu t'es bien lavé les mains avant d'enfiler les gants ?
— Mais oui, Papa. J'ai tout fait comme tu m'as dit.

La situation a quelque chose de vexant. Au temps du COVID, mon père se moquait ouvertement des mesures de distanciation et des gestes barrières. Il se mettait en colère si j'oubliais d'enlever mon masque devant lui. À chacune de mes visites, il se sentait obligé de me convaincre que les médias exagéraient. À ses yeux, le virus ne faisait que hâter le décès de personnes déjà condamnées à une mort imminente. Il ne voyait aucune raison de paniquer et encore moins de paralyser l'économie.

Comme s'il voulait se venger de ce contretemps dans son inlassable marche en avant, il avait décidé, selon l'une de ses expressions favorites, de transformer cette crise en opportunité. En moins d'une semaine, il avait converti son entreprise d'installation de cuisines en fabrique de cloisons en plexi transparent. Cette activité, jugée essentielle par les autorités, lui permettait d'aller et venir à sa guise en faisant un pied de nez à toutes les restrictions qui s'imposaient au commun des mortels.

Depuis l'apparition du virus de Fortescue, mon père ne sort plus de chez lui. Il n'a plus aucun contact direct avec ses employés ni avec qui que ce soit. Maman a quitté la maison il y a un mois.
— T'as des nouvelles de ta mère ?
— Oui, elle est en Espagne.
— Ah bon ! Elle me laisse tomber pour aller se dorer la pilule au soleil !
— Elle m'a dit qu'elle allait apprendre l'espagnol.
— Elle est devenue folle. À quoi cela va lui servir ? J'aurais pu lui payer un professeur.

Maman m'a expliqué qu'elle ne supportait plus de vivre enfermée entre quatre murs. Je crois surtout qu'au plus profond d'elle-même, elle était déçue. Elle ne reconnaissait plus dans son mari tremblant de peur au fond de son bunker le *self made man* intrépide et l'amoureux entreprenant qui l'avait jadis conquise. Une nuit, elle a fait sa valise et est partie sans rien dire à mon père, qui ronflait devant la télévision. Elle a rejoint ma sœur dans le Midi. C'est là qu'elle a été contaminée. Quand elle est partie pour l'Espagne, elle m'a demandé de ne pas dire à Papa qu'elle allait y travailler comme bénévole dans une maison de retraite. Il aurait deviné.

— Comment tu te sens aujourd'hui ? Rien à signaler ?

— Non, Papa, je te l'ai dit : j'ai encore fait le test il y a deux jours et je n'ai eu aucun symptôme depuis.

En deux mois, tout le monde a appris à reconnaître les signes annonciateurs de la maladie. Moi-même, j'ai assisté à leur apparition chez l'un de mes collègues. Nous étions en réunion à bonne distance les uns des autres quand il a été pris d'un vertige soudain. Notre délégué à la sécurité a rapidement enfilé sa visière et sa combinaison pour l'aider à s'allonger sur le sol en attendant l'ambulance. Il n'a même pas dû être hospitalisé. Après un rapide examen, on l'a ramené chez lui où il est resté alité pendant vingt-quatre heures. Le lendemain, il m'a expliqué que son étourdissement passager l'avait fait penser à l'emballement de la respiration et du cœur que provoque une émotion trop intense.

Le plus grand danger de la maladie vient précisément de ce que le cœur se met à battre la chamade comme si on se rendait à un premier rendez-vous. C'est à ce moment-là que des pulsations trop rapprochées sont susceptibles de tétaniser le muscle cardiaque des personnes les plus faibles et de provoquer leur mort. Ces « trémulations sidérantes », comme les appellent les experts, sont heureusement assez rares. On ne compte qu'une vingtaine de décès dans notre pays depuis le début de la pandémie.

On sait maintenant que la maladie est causée par un virus neurotrope qui s'attaque directement au système nerveux. D'une part, il altère le fonctionnement synaptique des zones du cortex préfrontal associées aux comportements égoïstes. De l'autre, il provoque une hypertrophie du *striatum*, la zone du cerveau qui gouverne l'empathie cognitive et émotionnelle.

Les premiers effets apparaissent en vingt-quatre heures à peine. Les personnes contaminées se mettent à manifester de la curiosité pour tout ce qui les entoure, les choses et surtout les gens. Pas une curiosité malsaine, indiscrète ou voyeuriste, mais un réel intérêt, une véritable envie de connaître et de comprendre ceux qui les entourent. J'en ai fait l'expérience avec mon collègue. Sa capacité d'écoute était si intense que je me suis mis à lui parler de ma vie comme jamais je ne l'avais fait auparavant.

La deuxième phase de la maladie fait passer les personnes contaminées de la parole aux actes. Toutes deviennent, à des degrés divers, serviables, prévenantes, attentionnées, solidaires, généreuses. Certains, comme Archibald Fortescue, le gentleman qui a donné son nom au virus, vont jusqu'à partager tous leurs biens avec des personnes dans le besoin. Une telle vague de bienveillance déferle sur la planète que l'OMS vient de rebaptiser l'agent pathogène le « virus de l'altruisme ».

On aurait pu croire que le monde entier allait se réjouir de voir l'humanité en venir à de meilleurs sentiments, à commencer par les autorités religieuses. C'est loin d'être le cas.

— T'as entendu ce qu'il a déclaré monseigneur Machin, le primat des Gaules ?

— Non, Papa, on dit tellement de choses.

— « L'amour du prochain n'est pas une maladie qui s'attrape comme une grippe. » Pour une fois, je suis d'accord avec les curés. Je n'ai pas envie de devenir une bonne poire à l'insu de mon plein gré. Je n'ai pas bossé toute ma vie comme un con pour donner tout ce que j'ai au premier clochard venu.

    Mon père est loin d'être un cas isolé, surtout parmi les nantis. Beaucoup de pays riches ou moins riches tentent eux aussi de résister à cette épidémie de bienveillance. Qu'ils soient petits ou grands, ils ne voient dans ce virus qu'une arme bactériologique inventée par leurs ennemis pour les affaiblir, briser leur économie ou envahir leur territoire.

    Aux États-Unis, les autorités ont commencé par fermer les frontières à double tour. Quand les premiers foyers de contamination sont apparus, elles ont essayé de contenir la contagion en gardant prisonnière la population de villes entières. Aujourd'hui, la situation s'est inversée. Quelques groupes de citoyens armés jusqu'aux dents tentent désespérément de rester *virus free* en montant la garde sur des barricades dressées à l'entrée de leur patelin.

— T'as vu les Américains ? Eux au moins, ils ont des armes pour se défendre !

— Papa, on en a déjà parlé. Ce n'est pas une arme qui arrêtera l'épidémie.

    Je crois que leur combat est perdu d'avance. Une majorité de la population considère ce virus comme une bénédiction. Bien sûr, quelques escrocs exploitent la gentillesse des personnes contaminées, mais il n'est pas rare qu'infectés à leur tour, ils restituent les biens mal acquis. Tout ce que les gens retiennent, ce sont les frères ennemis qui se réconcilient, les sœurs fâchées qui se parlent, les voisins qui se découvrent, surpris et ravis d'avoir à leur porte des gens aimables et passionnants. Tout le monde espère que l'épidémie pourra apporter la paix dans le monde, à l'exemple du Yémen, où la guerre s'est arrêtée faute de combattants : les soldats sont terrés dans leurs casernes, pendant que les populations fraternisent.

Ce qui me plaît par-dessus tout, c'est le joyeux désordre que le virus met dans toute chose. Hier, à la manifestation du personnel soignant, les CRS fuyaient devant les infirmiers et infirmières qui les poursuivaient en agitant devant eux des mouchoirs qu'ils prétendaient infectés ! En début de semaine, l'Assemblée nationale nous avait déjà offert un spectacle désopilant. La moitié des députés siégeait en combinaison antibactériologique intégrale avec des bombonnes d'oxygène dans le dos, tandis que l'autre moitié s'accolait, s'embrassait, s'étreignait avec chaleur et insouciance, sans égard pour leurs appartenances politiques respectives. C'est la dernière chose que mon père a vue à la télévision avant que sa box internet TV ne le lâche.

— Tous ces guignols qui se font des papouilles, ça a dû te plaire. Pendant ce temps-là, le pays va à vau-l'eau et, toi, tu t'en fous.

— Papa, s'il te plaît…

Je ne suis pas le fils dont mon père avait rêvé, un fils à son image, courageux, audacieux et ambitieux. Tout au long de mon enfance, mes tentatives pour mériter son estime ont été autant d'échecs dont la blessure ne s'est jamais cicatrisée. Maintenant que je suis son seul lien avec le monde extérieur, j'avais espéré qu'à vingt-huit ans, il me considère enfin comme le fils dévoué et aimant que je n'ai jamais cessé d'être. Il n'en est rien.

Depuis quelque temps, j'ai senti monter en moi de la lassitude. Je devrais plutôt parler d'amertume ou de colère. J'ai beaucoup réfléchi au moyen de retrouver un peu de bienveillance à son égard. Je n'en ai trouvé qu'un seul :

contracter le virus. J'ai demandé à mon médecin s'il pouvait me l'inoculer de manière professionnelle, en lui expliquant que, dans mon cas, il s'agissait de m'injecter un remède et non une maladie. Il a refusé. Il paraît que c'est interdit par la déontologie.

Mardi dernier, j'ai participé à une *Fortescue Party*, c'est-à-dire une soirée virus organisée par des personnes déjà contaminées pour infecter ceux qui n'ont pas encore eu la chance de l'être. C'était fantastique. Il y avait un monde fou. On a ri. On a dansé. On a bu dans le même verre. On s'est embrassés. C'est là que j'ai rencontré Bénédicte. On s'est revus depuis. On a fait l'amour. Je pense bien que je suis amoureux, mais je ne sais pas si elle m'aime vraiment ou si elle a couché avec moi par générosité.

Malgré tous ces efforts, je ne suis toujours pas contaminé. Je vais finir par croire que je suis immunisé. Il faut dire que les modes de propagation du virus restent mystérieux. Tout porte à croire qu'il y en a plusieurs et que certains sont particulièrement insidieux. Seule certitude, ni les gestes barrières ni le confinement ne parviennent à contenir la maladie. Et encore moins les fusils braqués !

Tout ce que je peux faire en attendant ma contamination est de me désoler pour mon père. Au fond, il n'est pas méchant. Je suis certain qu'il m'aime. S'il me malmène, c'est pour mon bien, pense-t-il. Il croit que pour être fort, il faut être dur. Il a été élevé comme ça. Chaque jour, il est un peu plus seul avec ses sous. Il n'a plus d'amis. Mes sœurs ont pris leurs distances. Ma mère l'a quitté. Et mon affection ne tient désormais qu'à un fil.

Notre conversation est interrompue par le chat des voisins qui saute sur le balcon. Mon père se penche pour le prendre de sa main libre. Il enlève son masque et lui fait un

câlin. Cela me fait plaisir qu'il ait un peu de compagnie. Ce chat est très affectueux. Il appartenait aux occupants de la villa voisine qui sont partis au Congo après leur contamination. Ils l'avaient confié à leur fille qui habite en ville, mais il est revenu dans le quartier où il a grandi. Depuis, il passe le plus clair de son temps chez mon père.
— Je parie que tu as oublié les croquettes pour le chat.
— Non, Papa, je n'ai pas oublié. Et puisque tu le prends comme ça, on va en rester là pour aujourd'hui !

Je raccroche sèchement et, sans un signe de la main, je remonte dans ma voiture. Je n'en reviens pas. Je ne lui ai jamais parlé comme ça. Je m'en veux et, en même temps, je suis fier de moi.

Avant de démarrer, j'aperçois sur le siège du passager le journal que je lui avais acheté. Après la panne de sa box internet, je m'étais dit que cela lui ferait plaisir d'avoir quelques nouvelles fraîches.

Ma colère est retombée. Je ressors de la voiture le journal à la main pour aller le glisser sous la grille. Il le trouvera quand il viendra chercher les sacs de provisions. Au moment où je m'accroupis pour pousser le journal sous la porte, la une me saute aux yeux : *Les chats seraient le principal vecteur de transmission du virus de Fortescue*. Je me redresse et parcours l'article en vitesse. En un clin d'œil, ma décision est prise. J'empoche le journal et remonte dans ma voiture.

La révolution
Ludovic Joanno

Cela avait débuté par une matinée difficile. J'étais nauséeuse, avec un je-ne-sais-quoi de dérangeant dans le corps. Cette nuit, quelque chose avait changé en moi, au plus profond de mon être. Je n'étais plus moi-même, et il me semblait que des aiguilles transperçaient mon ventre tant la douleur était vive. À ces symptômes s'ajoutait une fatigue anormale, qu'une personnalité hyperactive comme la mienne ne pouvait accepter. Aujourd'hui, le travail attendra, je filai chez le médecin. Une longue consultation et une journée plus tard, le diagnostic tombait. Le docteur me l'expliqua par des concepts alambiqués, mais au détour d'une phrase, un terme, qu'étonnamment je connaissais, me sauta à la gorge. Six lettres, simples en apparence, formaient deux petites syllabes, qui, fusionnées ensemble, laissaient planer un spectre de mort. Ce mot qui décrivait mon mal était simple, l'accepter l'était moins. Après qu'il fut lâché comme un lion dans une arène, le monde autour de moi se mit à tourner au ralenti. Quand vous l'entendez pour la première fois, votre cerveau se bloque, et vous entendez le reste du monologue médical à travers un acouphène. Vous perdez l'équilibre et flottez dans la pièce, et, dans une forme de dépersonnalisation, vous n'êtes plus capable d'appréhender la frontière entre le monde réel et celui de vos cauchemars. Vous haïssez la causalité, parce qu'elle vous empêche d'oublier ce que vous venez d'entendre. Pour le monde, vous n'avez pas une maladie, ni un problème de santé, mais un « Cancer ». Ça y est, vous avez maintenant votre carte de membre, signée et tamponnée, du club ô combien peu sélect des malades du cancer. Et à qui la faute ? Après des années de bons et loyaux services, votre ADN se retourne sournoisement contre vous et semble vouloir votre disparition.

Mais l'instant ne pouvait pas être aux apitoiements, mes horaires n'avaient que faire des caprices de cet instable code génétique. Après le déni, la griffe cinglante de la réalité m'avait frappée de plein fouet, et me plongea dans une dépression sévère. Je ne cessais de ressasser l'injustice dont j'étais victime. Qu'avais-je fait dans mon passé dont je pouvais être fière à présent ? Qu'allais-je faire de mon présent qui puisse m'offrir un futur ? Ces réflexions métaphysiques, aussi intenses fussent-elles, ne débouchèrent sur rien d'intéressant, car j'embauchais, quoi qu'il arrivât, dans quelques minutes. Cette première journée, depuis l'annonce de ma mort programmée, se passa très mal. Il est stupéfiant de constater comme certains événements de la vie peuvent changer vos perceptions, c'est ainsi que l'aliénée que j'avais toujours été, rigoureuse et appliquée à la tâche, commençait à questionner son travail insensé. Aussi loin que mes souvenirs pouvaient remonter, j'appartenais tout entière à cette industrie. Une usine de labeur, sans morale ni valeur, pour qui chaque employé n'était qu'une minuscule parcelle d'un grand tout. J'y réalisais chaque jour la même besogne, à la sueur de mon front, et sans la moindre idée de ce que pouvait être ce dessein final. De toute évidence, il n'était pas question de discuter, il fallait le faire, pour lui, m'avait-on dit. Pour le Grand Patron.

Parmi la centaine de collègues ce jour-là, aucun d'eux ne remarqua mon changement, j'étais aussi invisible à leurs yeux qu'auparavant. J'aurais voulu crier mon mal-être au monde, mais la pudeur m'en empêchait. De toute manière, j'ignorais qui étaient ces inconnus que je fréquentais tous les jours, cela devait être réciproque. C'était l'heure de pointer et de se mettre au travail. Assignée sur la chaîne de montage principale, je répétais inlassablement les mêmes gestes tout en laissant mon esprit divaguer sur l'absurdité de l'existence. Pour moi, le verre n'était plus seulement à moitié vide, il était simplement vide. Mais ce n'était pas tout, ça ne pouvait pas l'être. Je voulais vivre encore. S'opposer à mon héritage biologique était a priori impossible ; selon le médecin, c'était un cancer si rare et violent qu'aucun patient, par le passé, n'avait pu y survivre. Cela semblait être un terrible détail, pourtant il m'ôtait une épine du pied, cette intenable sensation de flou artistique. Le vertige trouve racine dans la peur de tomber, quand vous êtes accroché à une corniche, vous ne savez pas ce qu'il adviendra de vous, alors vous avez peur. Mais lorsque vous êtes déjà en train de tomber, vous n'avez plus à douter d'une chute imminente, alors instantanément, le vertige disparaît, il n'est plus utile à votre cerveau reptilien. Cela réglait au moins un problème principal, et je ne souhaitais pas être un cobaye, je rejetais donc l'idée d'une intervention médicale aussi inutile que chronophage. Mais pour autant, il n'était pas question de me laisser mourir ou de me donner la mort, la flamme de vitalité brûlait en moi, bien plus vive, étrangement, qu'avant mon diagnostic. Je refusais de me laisser tomber dans une spirale de fatalité sans fin, et sans mener un dernier combat, le mien.

Mais alors quoi ? Pourquoi pas cette manufacture qui avait volé la quasi-totalité de ma vie ? La détruire de l'intérieur, la saboter minutieusement, comme un grain de sable dans un précieux rouage. J'ignorais si mon insignifiance

impacterait les très signifiants d'en haut, mais je voulais essayer, je devais essayer. Comment ? J'ignorais. Qui ? Le Grand Patron. La figure incontournable, disait-on, de l'industrie de la région, et pourtant tout à fait mythologique pour les moins que rien comme moi. J'ignorais presque tout de lui, Sa Majesté n'ayant jamais daigné visiter les petites gens. Je cherchais au plus profond de moi le courage d'agir, et le trouvai dans l'immondice que représentait, à mes yeux, ce vil personnage. M'agrippant à la chaîne de montage devant moi, je me hissai dessus, et surplombant les employés, j'entamai un discours contestataire particulièrement osé. Tous s'arrêtèrent de travailler pour entendre mon amour de la révolution et mon appel à la grève. En tant que mauvais orateur, je n'avais, dans la voix, que ma seule détermination qui me donnait un semblant d'éloquence. Mon court plaidoyer fut accueilli par des réactions mitigées, tantôt gênées, tantôt amusées. Pour ne pas perdre la face, je devais débaucher sur-le-champ et rentrer chez moi, ce que je fis sous un silence ponctué de petits rires narquois. J'avais maintenant toutes les chances d'être licenciée, et, vu le faible enjouement que j'avais provoqué, peu de chances d'avoir incité à un soulèvement populaire.
Une bonne nouvelle, évidemment accompagnée d'une mauvaise, m'attendaient le lendemain. Je me sentais, au réveil, physiquement plus affaiblie qu'auparavant, et plus souffrante aussi. La maladie, comme un prédateur patient et méthodique, me rongeait de l'intérieur. Je me sentais étrange, presque mutante, en tout cas incapable de fonctionner normalement. La bonne nouvelle, quant à elle, me tomba dessus un peu plus tard dans la journée, en arrivant à l'usine. Il s'avérait que la grève que j'avais engagée, contrairement à l'impression que j'avais eue la

veille, avait vraisemblablement convaincu. Huit travailleurs avaient répondu à mon appel et entamaient la grève. J'étais d'autant plus étonnée que ces gens ne m'étaient pas inconnus, mais j'échouais à les situer dans ma mémoire. Ils n'étaient pourtant pas des prolétaires du quartier, et devaient venir d'une industrie voisine. Mais alors, comment avaient-ils pu entendre mon discours ? Je balayai sitôt ces interrogations inutiles. Pour la première fois, une faible lueur d'espoir naissait dans mon esprit, et je me sentais revivre, du moins mentalement. Les jours qui suivirent consolidèrent mon optimisme, des agitateurs de tous horizons affluaient vers la fabrique, et leur nombre augmentait exponentiellement. J'ignorais pourquoi un tel succès, mais je m'en réjouissais, mon pathétique discours avait été l'étincelle d'une gigantesque poudrière prête à exploser. Le nombre était la seule arme des interchangeables comme nous, et cela, tous semblaient l'avoir compris.

Au bout d'une semaine, la situation était devenue incontrôlable, à l'usine comme dans mon corps. Après un mieux aussi inattendu qu'illusoire, mon mal empirait de nouveau. Du côté de la révolution, la marée humaine qui grouillait dans la fabrique avait fait stopper toute la production, faute de place pour travailler. Il fallait, bien sûr, nourrir ces perturbateurs, mais les réserves sur place étaient nettement insuffisantes, obligeant les révoltés à vider les stocks des environs. On observait des rixes et autres échauffourées avec des habitants apeurés, et bientôt affamés. Ni moi ni les soldats envoyés sur place pour rétablir l'ordre ne pouvions contrôler l'immense foule belliqueuse qui s'était formée. Il y avait bien quelques arrestations et des charges policières, mais c'était comme des gouttes d'eau dans un océan de colère. Je n'étais pas

leur chef, je ne l'avais jamais été, tout au plus un symbole de la lutte qui se racontait maintenant du bout des lèvres. Pour autant, il ne s'agissait pas d'une totale anarchie, on pouvait voir quelques comportements singuliers se détacher de l'instinct grégaire. Des bataillons, par exemple, partaient à la conquête d'autres manufactures, dans l'espoir de les convertir à la cause. J'observais, de loin, toute cette agitation, incapable d'y prendre part, mon corps tout entier étant désormais touché. Dans les jours suivants, le troupeau homogène de rebelles s'était motivé à raser mon usine, démantelant sa structure pièce par pièce. J'observais, de loin, l'armée destructrice — que j'avais participé à créer — anéantir ce qui devait composer quatre-vingt-dix pour cent de ma vie.
Le Grand Patron, impacté par cette crise, avait bien essayé d'apaiser les tensions sociales, mais il était trop tard. Irréversiblement, le nombre d'émeutiers augmentaient, semant le chaos et le désordre sur leur passage. Ils n'étaient guidés par aucun sens du bien ou du mal, tout au plus une sorte d'inintelligence collective qui les rendait extrêmement dangereux. Plus rien ne pouvait arrêter la machine rebelle que j'avais induite, la société tout entière semblait prête à exploser. À mesure qu'augmentait la gronde populaire, le Grand Patron faiblissait. Je contemplais sa déchéance à mesure que les interventions policières se raréfiaient, et que l'hydre révolutionnaire se voyait pousser de nouvelles têtes. Plus rien, à l'heure actuelle, ne semblait pouvoir freiner cette tumeur qui grossissait de jour en jour. Les bataillons de métastases, qui s'étaient propagées dans toute la région, avaient condamné le Grand Patron. Alors que le monde tel que je le connaissais sombrait dans l'obscurité, tout s'éclairait enfin dans mon esprit. Pourquoi maintenant ? Je l'ignorais. Le Grand Patron n'était pas notre ennemi, il ne

pouvait vivre sans nous, mais nous ne pouvions vivre sans lui. Il était moi autant que j'étais lui. Je comprenais maintenant le mal que j'avais engrené, celui-là même que les anticorps s'étaient évertués à combattre, en vain. Je comprenais aussi pourquoi ces révolutionnaires ne m'étaient pas inconnus, ils venaient de moi, littéralement de mon corps. Ils étaient les enfants d'un dysfonctionnement génétique, les rejetons turbulents d'une mère emprise de folie. Cette génitrice qui avait condamné son univers tout entier, c'était moi, rien qu'une simple cellule devenue cancéreuse.

Si le potager m'était conté.
Clotilde Hérault

Moi, Petit-gris, escargot de Bourgogne, me doit de laisser ce récit à la postérité, pour ma descendance, afin de les prévenir des dangers encourus par notre petit monde de rampants coquillés.
Il faut que je vous narre, par le menu, les ruses et abominations dont je suis victime depuis que j'ai installé ma coquille dans ce vieux mur jouxtant le potager du père Narcisse. Bon, certes, j'avais pris, depuis ce printemps, mes aises dans ses rosiers couvre-sol dont les fleurs me rappellent furieusement les églantines d'antan dont mon arrière-arrière-arrière-grand-père était friand — et avais savouré, aux aurores bruineuses, leurs pétales nacrés frappés au frais du soir.
Bon, d'accord, j'avais aussi — un peu — grignoté les tiges vert amande des feuillettes naissantes de cosmos printaniers. Pouvait-on m'en vouloir pour si peu ?
OK, OK ! J'avais aussi fait un sort aux mufliers nouveaux, aux soucis sourcilleux et aux timides zinnias ! Mais il faut dire que tout ce céladon avait de quoi aiguiser l'appétit des plus sages. Après ce long hiver, claquemuré dans mon grisâtre, j'avais envie de « frais »…
Qui pouvait m'en vouloir ? Hé bé le père Narcisse !
Ce personnage, au demeurant chaleureux et de surcroît doté d'une moustache me rappelant mon arrière-arrière-arrière-grand-mère (oui, chez les gastéropodes, la femelle porte moustaches — et culottes aussi d'ailleurs) n'eut pas l'air de trouver à son goût mon appétit printanier ! Dans un premier temps, l'entendant grogner en se penchant sur son massif en berne, j'ai cru que ses

douleurs se rappelaient à son bon souvenir. Les sabots solidement ancrés dans le terreau fertile (issu du compost amoureusement concocté par Marie-Blanche, son épouse), ce bougon ronchonnait dans sa moustache tout en effleurant de ses gros doigts d'humain le minuscule résultat de mes fringales nocturnes. Puis, se relevant, les mains sur les reins, cet apparent bon homme était allé quérir sa moitié et, la hâlant tel un remorqueur guidant un paquebot (oui, la dame est assez *avantageuse*) lui avait montré — avec l'air navré que l'on se doit de prendre en constatant une catastrophe — le parterre vide de pousses…
— C'est les cagouilles, avait-elle décrété, péremptoire, du haut de ses un mètre cinquante-cinq (environ, à vue de nez d'escargot, n'est-ce pas !). J'ai ce qu'il faut !
Les cagouilles ! LES cagouilles ? Pourquoi *LES* ? Lors de mes virées nocturnes dans ce palace des pousses, je n'avais croisé aucun de mes confrères, je l'assure ! Quelques limaces faméliques, quelques bestioles décoquillées certes aussi, mais de gastéropodes en armure, point !
Alors ? Pourquoi ce pluriel ? Mon appétit légitime après hibernation me ferait-il passer pour une armée en campagne ? Et de quoi parlait donc la Marie en affirmant « j'ai ce qu'il faut !? »
Hé bien, mon ami, dès l'aurore, je savais !
Sortant de mon abri troglodyte dès potron-minet, j'étirai mes cornes et me dirigeai allègrement (!) vers mon petit-déjeuner quand j'aperçus… une écharpe noirâtre en travers de ma route… Un ruban de poussière aux éclats de cristal dont l'odeur de fumée envahit mes narines.
— Malédiction ! me hurlèrent mes neurones, de la cendre de bois.
Du bout du pied je tâtai, histoire de vérifier, et le retirai enduit de suie, oui, très cher ! Les sournois avaient répandu, en un fil continu, de la cendre tamisée autour de mon casse-dalle.

Haussant les épaules (j'ai le droit, non ?), je m'éloignai vers la haie voisine — ce qui me prit jusqu'au lever de l'astre, vous dire la galère.

Contraint à l'immobilité par le chaud du soleil, je ne dus mon salut qu'à une tuile fraîche dont l'ombrage abritait un pied de clématite — auquel je fis sa fête ! Je restai là, dans l'ombre fraîche toute la grande journée, ne quittai enfin mon abri ravagé qu'aux premières gouttes de rosée. Errant entre les pierres dont est pavée l'allée, laissant dans mon sillage une écume argentée, j'arrivai, haletant (bin quoi ?) au bord d'une falaise s'élevant du gazon jusqu'aux étoiles d'or. Je partis à l'assaut de cette muraille infinie, mon pied solidement ancré à la pierre tiédie. Cette ascension me prit la nuit, ou presque et je voyais déjà poindre la disette quand j'atteignis enfin le sommet. Et là, devant mes cornes ébahies, une coupe remplie de bière ! Si si si, je vous jure ! N'écoutant que ma soif, je me hâtai vers cette source d'ambroisie, bavant plus que de coutume tant l'eau me venait à la bouche. Je bus, je bus, je bus… jusqu'à plus soif et chus sur la coquille, mais pas dans la coupette ! Ceci me sauva la vie !

Les fourbes poussant jusqu'à l'outrance leur mesquinerie n'avaient rien trouvé de mieux pour avoir raison de moi que de m'offrir ce régal auquel — comme la plupart de mes collègues — je suis incapable de résister ! Attestaient de ce penchant limaçons et testacelles dont les pieds *soubresautaient* ridiculement dans la cervoise ! L'appât était imparable. Sans cette chance insolente qui m'avait fait pencher côté pierre plutôt que côté porcelaine, je ne serais pas à l'heure actuelle, en train de vous narrer mes mésaventures, mais agonisant dans un bain de *bubulles* gavé d'alcool jusqu'à la coquille…

Me traînant, vaille que vaille, à l'abri des rocailles, je parvins à échapper à la curée et m'effondrai, pied en vrac, sous les feuilles d'un mahonia dont les feuilles piquantes rebutaient les butors.

J'attendais là, vautré comme un poivrot, de retrouver un peu mes esprits égarés dans les limbes de l'alcool.

Après un coma éthylique dont je m'extirpai avec un mal de cornes terrible, je jurai — mais un peu tard — que l'on ne m'y reprendrait plus et entrepris, cahin-caha, de revenir à mon logis de pierres où je me tapis — et se tapir pour un escargot est une sinécure — jusqu'à complète récupération de tous mes moyens.

Mon calvaire ne s'arrêta pas là.

Voici la dernière trouvaille écologique de mes ennemis héréditaires.

Un enclos grillagé, un portillon bancal, un filet étendu au-dessus de graviers, voici l'enclos ! Et dans l'enclos, les poules ! Dernière arme de destruction massive dont Narcisse a fait récemment l'acquisition ! Deux poules, noires comme des veuves corses, maigrelettes, perchées sur de hautes pattes jaune canari, l'œil toujours mi-clos, mais dont on devine la pupille vivace s'activant à mille repères sous la paupière mâchée. Deux poules, guettant, à travers le grillage, les traces argentées, les feuilles grignotées, les boutures mâchouillées. Deux poules qui complotent en gloussements furtifs, ricanant, c'est certain, du festin à venir.

J'ai miraculeusement réchappé, hier, à leur premier raid dans le jardinet. En fait, voyez-vous, ces stupides gallinacées, outrepassant leurs directives — à ce propos, j'ai ri, mais j'ai ri ! Le père Narcisse leur expliquant, avec moult gestes et piétinements, la mission dont elles étaient chargées, le père Narcisse donc, valait tous les spectacles du monde ! L'index levé, raide comme la justice, il s'égosillait tantôt, puis murmurait ensuite, façon *entourloupeur* de première, s'ébouriffant les toupets à chaque moulinet. Ces stupides gallinacées ont donc, une fois lâchées et laissées sans surveillance, de quelques coups de pattes aiguisés, efficaces, ruiné tout le carré de laitues naissantes que Marie-Blanche arrosait amoureusement chaque matinée, avant même que le soleil se lève. Elles avaient même attaqué, les vandales, les pousses de poireaux dont Narcisse se régale, quand surgissant de je ne sais où tel un *zébulon* fou, Marie débarla et stoppa la cata. S'est ensuivi une engueulade en règle. À deux doigts des moustaches, qu'elle lui a expliqué, la furieuse que :

— Petit un : les poules, elle était contre et que mis à part la perspective d'œufs coquets extrafrais à déguster avec des mouillettes, si ça n'avait tenu qu'à elle, bin « ces bestioles seraient pas là ».

Petit deux : si t'es pas capable de surveiller tes *cotcotcodètes*, déjà que tu laisses traîner tes outils partout dans les allées et que même j'ai failli me casser le râtelier en mettant le pied sur les dents de la bigoucette qu'était pas rangée — comme d'habitude — eh bé, ça allait pas le faire.

Petit trois : t'as intérêt, Nanar, à nettoyer régulièrement les crottes de tes emplumées ! Passe-que j'veux pas d'mouches dans la maison !

Petit quatre : va falloir encore débourser pour acheter du grain, car ses salades, c'était hors de question qu'elles s'en repaissent, les goulues. Les salades c'est pour les humains, pas pour les poules.

En un mot comme en cent, elle lui a expliqué, qu'en gros :

Les poules, ça la gavait et qu'il avait en charge leur entretien, l'achat de leur grain et leur surveillance quand elles étaient lâchées. Bref, notre bonhomme s'est fait remonter les bretelles de première et a acquiescé en tortillant son béret. Il a abandonné les « *mais Mimine, mais Mimine* » quand d'un geste péremptoire, elle lui a montré les restes du festin des veuves corses.

J'ai affreusement peur des becs aigus, des ergots tranchants de ces poules de combat de la pire espèce. Elles nous lorgnent sans cesse et nous ne vivons plus. Limaçons, limaces, cagouilles jaunes ou rousses, tout le monde se planque, car nous craignons le pire.

Narcisse fit pourtant une seconde expérience avec ses croqueuses de doucette.

Deux jours plus tard, armé d'une baguette de bambou flexible dont il avait testé l'efficacité en fauchant, de quelques moulinets, les têtes d'orties d'un coin reculé du jardinet, voici notre Narcisse expliquant à ses « Attila » emplumées, les consignes à respecter.

Encore sous le coup de l'émotion de la mémorable engueulade dont il fut la victime, notre écolo s'efforçait, à croupetons pour être à la même hauteur que ses *élèves*, de faire entrer dans la cervelle des caquetantes les *interdits* et *autorisés* du potager. Autant vous dire que les cabochardes n'en avaient rien à battre. Intriguées par les gesticulations *grandilotesques* de la baguette prolongeant la main du « prof » comme le doigt de Dieu, elles ne le furent que cinq secondes au cours desquelles leur œil mi-clos soupesa la probabilité selon laquelle cette « chose » pouvait être becquetée. Leur crête frétillait comme un toupet de feu à chaque mouvement de tête, un coup à droite, un coup à gauche et quand elles eurent conclu, d'un commun accord, que ce bidule ne valait pas tripette, elles repartirent à leurs occupations — gratte-gratte — dans leur enclos, opposant deux croupions frisottés aux toupets de moins en moins fournis de Narcisse.

— Bon, dit-il revenant à la position normale du bipède avec force grimaces et gémissements.

L'humain s'rouille avec les ans.

— Vous avez compris ?! crut-il bon d'ajouter avec conviction.

Intimement convaincu que les « règles » qu'il venait d'énumérer étaient bien enregistrées dans leur p'tit crâne de piaf, Narcisse ouvrit en grand le portillon de la basse-cour et, gonflant la poitrine à la manière d'un militaire recevant la médaille du

mérite, regarda la gent gallinacée domptée (qu'il croyait), passer du poulailler au jardinet avec une indifférence quasi insultante.
Gratte-gratte…
Bec-bec…
Gratte-gratte…
Coup d'œil à gauche, coup d'œil à droite…
Gratte-gratte…
Bec bec…
Elles se cantonnèrent ainsi à l'allée, en dispersant les gravillons, grappillant pour de faux d'imaginaires vermisseaux et ce jusqu'à ce que Narcisse posât son postérieur sur une souche originairement destinée à une jardinière de pétunias et laissée vacante jusqu'à la montaison des semis.
Elles l'observaient du coin des paupières et quand elles le jugèrent bien installé et suffisamment *détendu* — entendez par là dodelinant du chef à l'approche de l'endormissement — elles commencèrent à diverger, l'une vers le nain de jardin montant la garde — sourire béat aux commissures, pioche à l'épaule vermoulue — sur les semis de radis, et l'autre vers la cagouille de pierraille dont le pied de 10 pouces servait de logement à toute une population de coléoptères et autres cloportes dont le grouillement silencieux présageait moult plaies à venir, et qui dominait de sa coquille bien remplie, l'absinthe ébouriffée de plants à repiquer.
Somnolant aux trois quarts, Narcisse ne vit rien de l'affaire et les sournoises *gloussotant* entamèrent fissa leur festin. Qu'elles étaient savoureuses ces brindilles jeunettes, gorgées de sève fraîche condensée de parfums. Semées dans un terreau léger comme mousse de bière, elles n'opposaient aucune résistance à la traction des becs adroits qui les cueillaient, passant de leur nid tiède au sein de la terre à la langue rugueuse des ravageuses qui se gavaient.
Encore une fois, ce fut Marie-Blanche qui mit fin au carnage.

Elle sortait de la buanderie un foulard époustouflant de couleurs noué sur la tête à la manière des *mamas* des îles. Posée sur sa hanche, une panière emplie de nippes et de guenilles réveillait ses vieilles douleurs, lui arrachant force grimaceries.
L'information mit quand même un certain temps à se frayer un chemin jusqu'à son cerveau ce qui laissa aux poulettes le temps de saccager un peu plus les semis.
Alors que, l'œil clos, Narcisse nageait dans on ne sait quelle béatitude, le hurlement de sa moitié le fit dare-dare retomber sur le plancher des vaches. De saisissement, il en chut cul par terre.
Envoyant valdinguer panière et fripes propres, l'îlienne de pacotille s'élança à grande vitesse sur les gravillons de l'allée, hululant comme une chouette, agitant les bras comme sémaphore dans la tempête et, frôlant de sa trajectoire notre gardien de poules vautré dans le gazon comme un gros hanneton, mit en fuite cocottes, moineaux et merles noirs banquetant sans vergogne dans son beau jardinet.
Il fallait la voir, rouge de colère, sprintant comme une athlète en quête de record derrière la *cotcodète* qui, sentant sa dernière heure arriver, passa du mode *course zigzagante* au mode *vol affolé*.
L'autre poulette, finaude, avait regagné la basse-cour, faisant un détour significatif pour ne pas entrer dans le champ de vision de la coureuse ni dans celui de Narcisse, qui, vaille que vaille, ayant retrouvé la position « bipédique » d'usage chez les humains, participait de l'indignation de sa femme en agitant les bras comme un moulin à vent.
L'air indigné, il le prit, s'employant vaillamment à tenir tête à la furie ébouriffée qui lui fit face ensuite.
Les « mais Mimine » balbutiés n'arrangèrent en rien son affaire.
Les mains tendues en signe de bonne foi ne lui valurent aucune indulgence du jury.

Elle, lui postillonnant son indignation à deux doigts des moustaches, s'efforça tout d'abord de reprendre son souffle, puis, une main sur le cœur une autre sur les reins, lui opposa un mutisme qu'il jugea de fort mauvais aloi et fort peu réjouissant.
Puis, lui tournant le dos d'un air outragé, elle partit récupérer sur l'herbe verte ses pelures éparpillées et se dirigea vers l'étendage où elle suspendit, avec une lenteur qu'il jugea exaspérante, les chiffons chiffonnés chuchotant et chuintant.

La fin de l'histoire ?
Chuchotement de Narcisse…
— À la cocotte les cocottes…
Voyez ?

Parle, Frappe, Tombe, Recommence
Xavier Boulingue

Le choc fut si violent et inattendu que j'ai cru qu'on m'avait attaqué par-derrière. Un crétin avec une chaise, comme dans un combat de bar. Mais non, ça venait bien de lui : le champion, jeune, vif, qui se dresse sous les projecteurs, à peine transpirant.
Il commence même à léviter, à s'élever comme un putain d'ange vers la lumière… mais non. Si les spots du stade ont viré au pilier de lumière divine et que le jeunot a l'air de décoller, c'est que j'ai la vision qui se brouille et que je bascule en arrière. Le petit con m'a foutu KO ! Au premier round.
Pas la première fois que ça m'arrive, même si je fais croire le contraire. Le temps a l'air de se ralentir, et tout devient flou. Tout bouge plus lentement, mais tu ne peux pas pour autant éviter la beigne suivante, uniquement la voir venir. Il va d'ailleurs me la coller de toutes ses forces, le bras bien armé. Pas pour se défouler, juste pour finir le taf. Professionnellement.
Alexandro Fredericù, boxeur pro, débarqué tout jeune de son Albanie natale. Il se refait une carrière en France et devient double champion welters. Mais son coach déclare que sa morphologie serait plus adaptée à la catégorie au-dessus. La bouffe française a dû lui plaire. Le voilà chez les poids moyens, sauf qu'il doit recommencer depuis tout en bas. Ça passe par les amateurs, et par le hasard du classement, par ma grande gueule. Comme son poing, il y a environ dix secondes. D'autres gars avant moi ont déclaré

forfait, disant qu'ils z'étaient pas fous. Un type a voulu tester, comme ça, juste pour voir, en mode amical... « C'est l'occasion de faire un match contre un vrai pro, de s'y mesurer, et c'est un honneur d'affronter un boxeur comme Fredericù », qu'il a dit le lapin de trois semaines ! Direct à l'hosto. L'a pas été amical l'Alexandro, c'est pas son boulot.

Mais moi c'est pas pareil, je suis l'enfant du pays, j'allais leur montrer. Ils le gueulaient tous dans les bars-tabacs, que Georges il pouvait foutre une tannée à tous ces cadors qu'on voit à la télé. « C'est parce que ça l'intéresse pas tu vois, ce monde-là c'est bizness et compagnie, tous les matchs sont truqués c'est que du spectacle. Mais je l'ai vu une fois le Georges... » Et à ce moment, ils racontent une histoire qui est peut-être vraie, qui l'est peut-être pas. Avoir une grande gueule c'était la première règle. Ça coupe les jambes de l'autre avant la castagne. Plus t'as d'assurance, plus ça bouffe la sienne. Et puis les potes en rajoutent, c'est donnant donnant : ils te font une réput' et ça les met aussi en valeur. À croire qu'ils ont un ami pour tout. « T'es dessinateur ? Bah j'ai un pote il dessine dix fois mieux que toi, il te dessine n'importe quoi, et il a jamais pris de cours. Tu te crois drôle ? J'ai des potes ils ont une telle répartie, tu rentrerais chez ta mère en pleurant tellement tu saurais rien répondre. »

Le truc, c'est qu'après t'avoir léché les pompes pendant quinze ans, les gars, bah ils en veulent pour leur pognon. Que tu prouves à l'univers, et aux autres gars du bar, qu'ils sont potes avec le meilleur et qu'ils sont donc les héros de leur petite histoire personnelle, le cul vissé au tabouret du troquet. Du coup quand il y a une star du grand monde qui se ramène dans notre petit monde à nous, ils se tournent

vers le gros Georges, ils sourient... et ils attendent. Les sales enculés.
En fait, je mens un peu. J'aurais pu refuser, leur servir une histoire. « Ouais, ils m'ont filé un peu de blé, je l'ai mis de côté pour les mômes. Penses-tu, leur nouveau champion tout neuf, ça aurait fait tache s'il s'était fait rétamer dans un coin perdu par un type qui passe pas à la télé. » Et ils auraient pris. Ils n'y auraient pas vraiment cru, mais ça leur donnait une histoire à resservir aux autres : « Ouais ! Ils ont filé du blé à Georges, penses-tu, leur nouveau champion tout neuf, ça aurait fait tache s'il s'était fait grouiner par le gros Georges qu'est même pas connu. D'ailleurs, il paraît qu'il a enterré tout un pactole qu'on lui a refilé en échange. Du côté du terrain de foot. »
Non, le truc c'est que j'avais peut-être envie de le faire ce match. De savoir jusqu'où c'est vrai. À force de servir des bobards aux autres on finit par y croire, ça aide à jouer le sincère. Puis l'âge se ramène et on se rend compte qu'on radote toujours les mêmes histoires avec des gus qui les connaissent déjà par cœur. On est pourtant habitué dans sa tête à être le héros de la foire, le centre de l'attention. Sauf que les petits jeunes se ramènent avec des exploits tout frais sans avoir l'air de s'intéresser aux nôtres. Et le pire c'est qu'eux c'est pas pour la gloire, ils se marrent juste. Alors on veut placer un gros pilier, un truc en marbre, qui ne bougera pas. Un grand « c'est moi ! » définitif. Et on accepte le match. Comme un con. Et on gueule bien ce qu'on a fait avant de réaliser dans quoi l'on s'est embarqué. Comme un gros con.

Du coup, je suis allé voir la belle-mère. Discrètement. C'est qu'on est un peu les deux bords opposés dans le coin. Moi dans le petit centre, près des Pommiers, avec tout le village qui me connaît et qui me fait des signes. Elle dans la forêt de Rouonde, là où il y a plus que deux types de personnes : les gros bourges que personne ne voit jamais et dont les baraques sont entourées d'un jardin comme un champ et autour de tout ça une grille en fer forgé grande comme deux hommes pour bloquer le passage et une haie d'arbres ou de thuyas hauts comme des immeubles pour bloquer la vue. Ils mettent un petit nom à leur villa, sous la boîte aux lettres « La Lézarde », « Doux repos », et ne sortent de chez eux qu'en bagnole. C'est pas réellement des habitants du village, juste des gens qui vivent ici. Et puis il y a les autres. Tout le contraire. Accumulés dans des semblants de rues, avec des grillages avachis, des flaques de boue marron où l'on voit flotter les jouets en plastique jaune des gosses. Des vieilles maisons aussi affaissées que leur grillage, quand ce n'est pas des caravanes. Des grognasses à qui il reste deux dents à trente-cinq balais et qui nous claquent un delirium tous les trois mois à coup de cubi. Des pauvres types aux visages pendants qui bouffent la moitié de leur phrase et sont capables de chercher des noises à des petits branleurs tout juste sortis de leurs couches et du tétage. Niveau foutage de gueule, ces deux populations-là, c'est notre fonds de commerce, les trop loin de nous, d'un côté comme de l'autre.

Et tout au fond, à part de tout ça, il y a la vieille. La sorcière. Tous les villages en ont une, mais la nôtre c'en est une vraie. Paraît que même jeune, elle avait cette réputation. Les gosses jettent des pierres devant sa maison et tout le monde se signe en la croisant dans la grande rue. Mais après on va la voir, discrètement, pour des trucs et des machins. En tout cas, c'est toujours quelque chose de flou quand on les surprend et qu'on leur demande. Ce qui est sûr, c'est qu'il y en a un qui ne devait pas venir que pour lui causer, vu qu'elle a eu une fille. Et pas avec une gueule de fille de sorcière la petite Brigitte. Les plus belles roses poussent sur les tas de fumier comme on dit.

C'était la plus jolie fille du village, tous les gus lui couraient après. Et pas froid aux yeux avec ça, elle était pas la dernière pour déconner, proposer des plans foireux ou faire des allusions en dessous de la ceinture. La sorcière aimait pas trop la voir traîner avec nous, avec moi surtout. Elle voulait qu'elle prenne la relève, qu'elle devienne la nouvelle cinglée, cachée dans la forêt à surveiller de vieilles pierres et se faire jeter des cailloux dessus par les gosses. Je l'ai sauvée de tout ça la Brigitte, et c'est ce qu'a dû craindre la sorcière. Bon bien sûr, une partie du mal était fait. Elle avait plein d'idées bizarres en tête la Brigitte, à me répondre, à vouloir faire comme si elle était toujours une gamine qui court dans les champs. J'ai dû lui serrer la vis après le mariage. Et la vieille qu'est venue gueuler que je levais la main sur MA femme, rapport au fait que je l'ai eue un peu lourde une ou deux fois sur la Brigitte. Alors que c'était de sa faute, si elle ne lui avait pas farci ces histoires de fées et de lutins dans le crâne, la gamine elle aurait compris ou bout d'une ou deux fois.

Du coup, dans le village on est un peu vus comme les deux ennemis, je suis le type qu'on vient chercher pour lui gueuler dessus quand on l'accuse de faire tourner le lait, de provoquer la chute des mômes ou je ne sais trop quoi. Bien que j'y croie pas à toutes ces niaiseries, c'est pour les bonnes femmes et les tous ceux qui veulent se la jouer grande gueule, comme moi, mais sans rien avoir sous le bras sur quoi broder.

Du coup, je me suis senti un peu con en allant par chez elle, et j'ai toqué en cachette comme une pucelle timide qui n'est plus vraiment l'un ou l'autre et qui a besoin d'elle pour

régler un petit problème sans que les parents sachent. Elle m'a tiré une sale gueule en ouvrant, pire que d'habitude, et je lui ai dit ce que je voulais. Je suis son gendre après tout. Elle a hoché un peu la tête et s'est mise à sourire. C'était encore pire que quand elle me tirait la gueule. Et elle m'a emmené vers son tas de cailloux dans les bois. Un cercle druidique qu'elle appelle ça. On se fout tous d'elle pour ça, madame ne dit pas juste qu'elle n'est pas une sorcière, elle prétend être druide ! Enfin « druidesse » qu'elle cause. Moi, je lui réponds toujours que la seule potion magique du village, c'est la goutte que nous chauffe le Riton près des Pommiers. Mais ce coup-là on l'arrêtait plus. Elle me parlait de ses traditions orales, de trucs passés de génération en génération, et de ce qu'était le village avant de s'appeler Saint-Martin. J'ai failli me casser, mais je me suis dit qu'il fallait mieux rester jusqu'au bout pour pas qu'elle en cause. Et au point où j'en étais.
Et elle m'a parlé de guerriers dans le temps, qui venaient jusqu'ici. Parce qu'ils s'étaient entraînés toute leur jeunesse à se taper dessus, et que leur grande trouille c'était de se manger une flèche ou une lance dans l'œil sans avoir eu la chance d'arriver dans la viande de ceux d'en face. Ils ne voulaient pas survivre, ils voulaient juste être sûrs de faire goûter le sang à leur arme avant de tomber. Alors ils promettaient de combattre mille fois. Mille fois la même bataille. Mille fois ils chargeront, frapperont, recevront et se feront étaler pour leur compte, mais au moins ils seront sûrs de s'être réellement battus devant leurs dieux.
Elle m'a fait jurer la même chose. J'ai dû réciter par cœur un truc que je comprenais pas pendant qu'elle cramait des herbes, et m'a carrément craché dessus un mélange rouge-marron qu'elle venait de préparer. Puis il s'est passé quelque chose de bizarre. Il y a eu du vent dans les arbres,

et j'ai eu une drôle de sensation, et l'impression d'être regardé. Et là, j'ai juré, ce match, je vais le gagner, même si je dois le refaire un millier de fois, je vais le coucher ce gamin !
Et je l'aperçois au fond des gradins la sorcière, elle s'est bouffé toute la route juste pour se foutre de ma gueule. Elle va voir celle-là quand je vais me relever.
Mais en fait, ça va. Je ne tombe pas. Je vais même beaucoup mieux, frais comme un gardon. L'autre aussi, comme au début du match. On commence seulement. Il s'approche comme tout à l'heure. Encore un crochet au foie, pour me tester, en mode confiant. Encore une fois, je le bloque mal, mais ça pourrait être pire. Il me tourne autour par la droite, encore. Les mêmes enchaînements, avec une sensation de déjà-vu. Je me fais allumer au même moment, de la même façon, comme au premier round. Attends, c'est le premier round ?
L'arbitre arrête le match. Hein, oui je vais bien, je voulais juste savoir à combien de minutes on était. On commence tout juste ? Mais c'est pas possible ! Le match reprend, je me refais sécher. Le temps ralentit, et je tombe. Et je revois la sorcière, qui se marre encore plus, penchée sur sa chaise. Le temps s'arrête et… attends voir…
Elle ne s'était pas foutue de ma gueule la vieille salope.

Le match recommence, ce coup-ci je te vois venir. Je pare net son crochet au foie. Il le double à la tête. J'ai trop descendu la garde. Je me décale d'office sur la droite, il repart sur la gauche, mais il n'a plus l'air aussi confiant. Je connais tes mouvements par cœur, mon gars. Il enchaîne quelques jabs. Comme ça, je monte la garde et il s'avance. Sauf que là, je le sais. Je m'avance aussi pour lui en coller une belle, mais il recule aussi sec. Il est rapide ce con. Mais

il a le dos aux cordes et il est énervé. Je vais bloquer dedans et l'enchaîner jusqu'à ce qu'il crache…
Putain il m'a contré. J'ai trop chargé comme un mulet et après un contre pareil, il a eu quartier libre sur ma gueule. Crochet au foie, droite, gauche, droite juste sous la gorge. Le salaud, je l'ai bien énervé. Mais je souris. Tu vas voir à la prochaine.
On recommence, j'ai tout mon temps ; je vais le travailler lentement. Round après round, je vais refaire ce match jusqu'à ce que tu tombes. Je pare le crochet au foie, je remonte le bras. Pas assez vite, mais ça pourrait être pire. Je le laisse aller à droite, je sais ce qu'il va faire s'il part par là. D'abord ses jabs, ensuite sa feinte. Et j'attaque à ce moment.
C'était pas une feinte. Quand il a vu que je me protégeais pas, il a porté le coup ! Pas trop fort, mais il a enchaîné. Il va passer sous mon crochet comme tout à l'heure, sauf que cette fois… Putain, il peut le faire combien de fois ?
Je tombe encore, je vois la sorcière debout qui se marre. Elle s'est rapprochée.
Paf, deuxième round. J'ai joué la défense et ça gueule dans le public, mais l'autre s'est fatigué dans le vide. C'était pour lui montrer. Je connais tous tes coups, mon gars. Il me regarde différemment, ça me respecte un peu plus.
Putain de contre, je revois les lumières des spots. Je tombe au deuxième round, ce coup-ci. Le temps joue pour moi.
J'étais trop pressé, concentre-toi sur la défense, attends le second round jusqu'à le connaître par cœur. J'entends la sorcière qui se marre.
Troisième round ! Il doit être crevé maintenant.
Même pas. Il est venu aussi frais qu'au premier, sauf que moi je suis plus. Il l'a vu et m'a pas fait de quartier, il m'a

humilié devant tout le monde, pire que si j'étais tombé au premier.
Putain ! J'arrive même plus au second round ! L'autre fois, j'étais au troisième ! C'était il y a combien de matchs ?
Et l'autre qui ne transpire pas. Et cette sorcière qui se marre.
J'hésite de plus en plus, je fais des erreurs que je ne faisais pas avant. Pourtant je ne suis pas fatigué, je recommence toujours en pleine forme. Dans le corps, du moins.
Même enchaînement, je ralentis mon coup, j'ai eu peur de l'énerver. La douleur du choc à la tempe, le sol qui se rapproche.
Combien de fois. Combien de crochets ? Combien de fois il part sur ma droite. Toujours les mêmes coups, toujours trop rapides. Si je pare la feinte, il attaque ailleurs, mais si je la laisse passer il frappe. Je contre, il esquive et me colle un uppercut dans le bide à contre-souffle.
Il me fait peur. Il paraît plus grand qu'au début et je me sens minuscule dans son regard.
Le match recommence, round un. La sorcière est venue au premier rang et des gens se demandent ce qu'elle fout là. C'est la seule chose qui change. Et il m'en met une gratuite pendant que je regarde cette vieille garce.
Je ne gagnerai pas ce match. Il m'a coupé les jambes sans le savoir. Tout le monde voit que je suis terrifié dans le public. Je les regarde eux, pour pas le voir lui, et parce que la sorcière me nargue. Ils ne savent pas combien de fois je viens de me battre. Pour eux je grimpe tout juste sur le ring, et j'ai peur.
Il est plus jeune, plus fort, plus rapide. Je ne gagnerai pas ce match, et en plus je vais le perdre mille fois.
Pendant que cette putain de sorcière se marre.

Enzo
Marine Debut

Je m'appelle Enzo. Pourquoi ? Ravi que vous vous posiez la question. Eh bien, voyez-vous, c'est après seulement quelques minutes de réflexion que ce prénom est apparu comme une évidence pour mon auteure. En effet, « Enzo » lui a semblé parfait pour l'imaginaire qu'il propose : il évoque immédiatement un homme de type plutôt méditerranéen, grand, beau, svelte, brun, élégant… séducteur. En commençant son récit par « Je m'appelle Enzo », l'écrivaine ancre mon personnage dans un modèle précis. Elle se dispense ainsi de la pénible tâche que peut représenter la description physique romanesque. Paresse ou faiblesse ? Peu importe. De toute façon, je ne crois pas qu'elle se doutait que j'allais venir lui compliquer son affaire. Cela doit être dans les gènes d'un Enzo de ne pas se laisser faire. Il est vrai que je suis quelqu'un d'indépendant. Je n'ai vraiment pas l'habitude qu'on m'impose des choses et encore moins lorsque ces choses en question proviennent de la fainéantise.

C'est donc ainsi que je m'appelle Enzo, que je suis roux, pas vraiment grand et pas si svelte que cela. Ma couleur de cheveux est certainement un moyen subtil de dénoncer cet engouement stupide et infondé, qui se développe depuis quelques années maintenant ; la politique anti-roux. Bref, cher lecteur, je m'excuse ; je sais d'avance que cela ne va pas être facile, mais il va falloir forcer votre imagination pour vous représenter un Enzo roux. C'est fait ? Encore un petit effort ! Voilà, c'est très bien… Ce que je vais dire par la suite fait de moi un homme narcissique — mais qui ne l'est pas un peu lorsque l'on décide d'être parfaitement sincère. Je n'ai aucun intérêt à vous mentir, cher ami lecteur, et je suis bien décidé à jouer franc jeu avec vous. C'est aussi la moindre des choses que je puisse faire pour mon écrivaine, à qui je vais mettre des bâtons dans les roues. Pour être honnête donc, je dois bien admettre que je suis, tout de même, plutôt séduisant. Selon ma mère, « le joli, c'est la façade et le beau, c'est le tout ». Elle aussi pense que je suis très beau et je veux bien la croire. Non pas parce qu'elle est la meilleure mère du monde, et que jusqu'à présent elle ne s'est jamais trompée sur rien, mais parce que, eh bien… j'ai toujours séduit les femmes que je désirais séduire. Force de mon prénom ? Peut-être. En tout cas, ce prénom me donne une grande confiance en moi. Ne me jugez pas si vite, lecteur, et mettez-vous plutôt à ma place ! À ce stade de la nouvelle, je ne suis encore constitué que de quatre, cinq détails ! Je m'appuie donc sur le peu que je connais de moi-même pour fonder ma personnalité. Et si j'aime déjouer les règles, je n'en reste pas moins… *humain*. Quel homme n'aimerait pas tirer profit d'une telle situation ? Puisque ce moi-même se constitue au fil des lignes, autant en profiter pour que je choisisse mes attraits. C'est par ailleurs assez amusant de se constituer une identité, vous devriez essayer.

Mais, je m'éloigne du sujet, alors qu'il me faut poursuivre. Pour deux raisons. La première c'est que je risque que l'auteure se lasse et ne m'abandonne ici. On raconte qu'elle le fait souvent avec d'autres nouvelles — si, je vous assure, c'est ce que l'on raconte. Il est terrifiant pour le personnage d'une histoire de savoir qu'on peut ne vivre que sur deux, trois lignes. Je me rends bien compte de la chance d'exister déjà sur trente-sept lignes, là où certains ne sont jamais restés qu'au stade du seul... prénom ! J'en ai des frissons rien qu'à le dire à haute voix. La deuxième raison, c'est pour vous, cher lecteur, que je me dois de continuer. Bien sûr ! Vous vous croyez original ? Tout bon personnage sait ce que le lecteur a derrière la tête, ses attentes, ses peurs, ses questionnements et il s'en délecte, en joue, s'en amuse. Sinon, quel intérêt d'être un personnage ? Et puis, je sais que vous lisez mon histoire notamment pour en découvrir la chute ! Petit malin que vous êtes. Mais, je vous avoue que, pour l'instant, je ne la connais pas moi-même. Peut-être que je mens et que c'est juste que je ne me suis pas encore décidé. Je ne suis pas si franc finalement. Vous insistez ? Mais voyons, ne voyez-vous pas que c'est un problème de logique : si je vous donne la chute maintenant, vous n'aurez plus envie de lire la suite. Ce n'est pas dans mon intérêt ; moi ce que je veux, c'est exister le plus longtemps possible. S'il y a un certain plaisir à importuner ma créatrice, il n'y en a aucun à l'énerver. Tout bon personnage sait que les auteurs détestent révéler leur chute trop tôt. Il faut attendre le bon moment. Effet de surprise, peut-être, peut-être. Oups — j'ai écrit deux fois « peut-être », c'est que je commence à m'emmêler les pinceaux. Et si je reprenais ma description ?

En fait, pour tout dire, je suis un homme blasé qui n'attend pas grand-chose de la vie. Issu d'un parcours scolaire et professionnel scientifique (et non, chère auteure, le sport n'est pas ma passion, comme tu l'aurais souhaité), j'ai rapidement compris l'insignifiance du monde. Seuls les humains m'intéressent. Les vrais. Même s'il faut vous reconnaître quelques grossiers défauts. Regardez-vous, avec votre corps, votre concrétude, ce trop-plein de matière... Je préfère nettement être une idée, une image, un reflet subtil dans l'imagination débordante de mes lecteurs. Rassemblez ainsi toutes mes images, dans la tête de tous les lecteurs et lectrices qui liront cette nouvelle ; imaginez ma densité, ma légèreté, ma pureté ! En faisant cet exercice, lecteur, n'oubliez cependant pas que mes cheveux sont roux. Ah vous voyez ! Je le savais : vous avez failli oublier. Vous aviez déjà collé plein de représentations puisées dans votre monde imaginaire. Rien ne m'échappe, je vous rappelle que je suis dans votre tête : je suis un bon personnage. Je ne cesse de diverger de ma description, mais que c'est jouissif de prendre ainsi le contrôle ! Je peux vous raconter qui je suis, à ma guise.

N'ayant pas peur du risque, je comptais bien profiter de la vie et de son insignifiance, du mieux que je le pusse. C'est à la mort de mon père, emporté par un cancer du poumon (il faut que ce soit un peu dramatique, pour susciter, chez vous, de l'empathie à mon égard), que j'ai vraiment commencé à adopter cette philosophie. Papa était un homme qui, selon moi, ne vivait pas son existence comme il l'entendait. Afin de mieux profiter de la vie, j'ai voulu conquérir le monde. Et conquérir les femmes. D'abord de manière inconsciente, puis de façon tout à fait consciente. Pour tout vous dire, je crois même avoir réussi à séduire l'auteure. Je l'ai bien vu, car ses doigts ont commencé à trembler sur les touches de son ordinateur. Elle s'embrouille dans certaines tournures de phrases, et se laisse faire, ne résiste pas. Ce sont des détails qui ne trompent pas. Oui, parce que, si elle croit avoir le pouvoir des mots et le contrôle sur mon être, je sais que je l'ai néanmoins surprise par mon comportement désinvolte, voire insolent. Cela arrive, mais c'est quand même rare qu'un personnage se rebelle. Et la rareté, c'est séduisant. Je suis plutôt fier de moi, parce que ce n'est vraiment pas quelque chose d'évident à faire. Ah, j'aimerais vous y voir à ma place. C'est avec élégance et respect que je tenais à prendre possession de ces lignes. M'immiscer dans son texte. Je l'ai déjà dit, je suis quelqu'un d'autonome, d'indépendant, d'ambitieux. Ce sont des traits qui ont séduit l'écrivaine. Il paraît que cela plaît aux femmes, un homme qui sait ce qu'il veut. Ou est-elle simplement curieuse de voir où je pourrais l'emmener ? Mais bon, qu'importe, de toute façon, l'auteure ne m'intéresse pas et il est préférable que l'on reste dans une relation platonique pour le bien de cette nouvelle. Je les connais, les femmes. Si on commence à impliquer les sentiments, ça va être la pagaille et le texte risquerait de se terminer sur une phrase en suspens. Quelle horreur ! Je préfère encore vivre sur deux lignes que de finir mon récit ainsi ! C'est peut-être dû à mon ego d'*Enzo*, mais je tiens à voir le joli mot « Fin » conclure de manière correcte mon histoire, avec une vraie chute. Je demande donc à l'auteure de faire preuve de professionnalisme et de ne pas tomber amoureuse de moi. Vous rigolez lecteur ? Et pourtant, oui, on en a vu des peintres tomber amoureux de leurs tableaux, des sculpteurs de leur statue, des cinéastes de leur personnage, et ce, jusqu'à en perdre la raison. Ça n'a jamais rien donné de bon d'impliquer les sentiments entre le créateur et sa création. À bien y réfléchir, on a rarement vu ce problème en musique. Oh… que j'aurais aimé être une chanson ! Tout aurait été tellement plus simple. Je durerais trois minutes et vivrais sur toutes les ondes. Mais bon, on ne choisit pas tout dans la vie, encore moins sa manière d'exister. Et puis, on trouvera un compromis, j'en suis certain. Quand bien même, le lecteur s'en fait témoin, il s'agit d'un amour impossible. Si elle avait ma force et mon courage pour s'immiscer dans le texte, l'auteure nous dirait que c'est idiot, qu'on ne se connaît pas assez, qu'il est possible qu'au fil des lignes je la déçoive ou même, que je lui inspire de la haine. Car la vie, c'est un pari, pense-t-elle. Les relations ne font pas exception. On a l'impression de choisir qui l'on aime. L'impression de choisir. Alors que c'est toujours un pari, un défi, un « pile ou face ». La compatibilité ne se révèle pas dans le coup de foudre, mais dans le temps. Je reconnais que, là, l'auteure marque un point. J'aurais presque pu être tenté, en une fraction de lignes. Cependant, je n'en démords pas, cet amour est impossible. Soyons clairs une bonne fois pour toutes : chère auteure, je préfère que nous en restions à des rapports professionnels. Dans ce pari, je risque le prix de ma vie. Ce serait un amour déséquilibré ! C'est elle qui a le pouvoir de choisir mon sort. Elle le sait même d'avance... Et moi, je n'aime pas être dominé. Si je ne veux pas en faire une crise existentielle, il faut que j'accepte les règles du jeu. Alors, je suis même impatient, excité, curieux de découvrir ce qui m'attend. Mais je préfère que nous en restions à une relation platonique.

    Rassuré, je me sens de plus en plus en confiance ; je vois que nous sommes sur la même longueur d'onde avec l'auteure. En effet, ce passage à un nouveau paragraphe montre deux choses ; *primo*, elle n'avait plus grand-chose à dire sur le sujet précédent et je commençais moi-même à m'ennuyer. Alors, vous, lecteur, n'en parlons pas ! *Secundo*, elle a eu l'intelligence de mettre sa fierté de côté et de continuer mon histoire malgré mon rejet, et ce, en présence d'un lecteur. Je pense l'avoir fait avec tout le tact, la douceur et le respect que je lui devais. C'est tout de même ma créatrice. Oui, lecteur, vous vous en doutez, je suis un homme habitué à ce genre de situation. Bien que, au final, il est rare pour moi d'exprimer un refus à une prétendante. Je ne crois pas avoir déjà été amoureux d'une femme. Je n'y crois pas trop à tout ça. Mais, je suis quelqu'un qui reste ouvert et qui aime être surpris par ce qu'apporte la vie, il n'est donc pas impossible que je change d'idée sur le sujet. En revanche, je suis certain d'une chose : je suis un grand amoureux des êtres humains et, en particulier, *des* femmes. Je n'irai pas jusqu'à dire que j'aimerais en être une — ça, ça ne me plairait vraiment pas. Ce que j'aime, c'est ce rapport qui s'établit entre les sexes opposés. D'ailleurs, il n'est pas question « d'opposition », mais bien de différence. Nous possédons des fonctionnements distincts, mais nous aspirons tous au bonheur, à la paix, au bien-être. Où est l'opposition là-dedans ? Et cela me passionne de devoir essayer de comprendre le fonctionnement de l'autre, sa manière d'agir, de penser. La vie devient alors un grand jeu, une grande énigme à déchiffrer. L'auteure sera d'accord avec moi. Mais ! Je vous vois venir, lecteur, ne commencez pas à nous trouver des points communs trop faciles. Ne prenez pas cet air innocent, je sais d'expérience de personnage qu'il n'est pas rare que le lecteur possède des penchants au romantisme. On ne va pas avancer bien loin si vous continuez à nous interrompre en vous faisant de fausses idées qui pourraient, ne serait-ce que toutes les trois lignes, raviver la flamme chez notre auteure. C'est pourquoi je viens ici, en plein milieu de mon discours, remettre les choses au clair. Je vous ai d'ailleurs déjà expliqué en quoi il est préférable pour tout le monde de ne pas tomber dans une quelconque ambiguïté. Voilà, maintenant, on ne sait plus où nous en étions. Que cela vous serve de leçon. Reprenons. Tiens d'ailleurs, pour marquer le coup, au cas où vous seriez tenté de poursuivre cette conversation, je change de paragraphe. Je disais donc.

  L'auteure sera, par ailleurs, d'accord avec moi : la vie serait ennuyante si tout était simple, si nous n'étions pas différents... Mais, cependant... Enfin... Trop de... oh, zut… À cause de vos tergiversations, je crois que nous avons fini par vexer l'auteure. Elle ne sait plus où donner de la tête et semble avoir perdu le fil de ses pensées. Et son inspiration. Je crois qu'elle est en train de partir. Mon histoire n'aura aucune chute construite. Bravo. Non, non, ne vous méprenez pas très cher, je fais certes le beau depuis le début, mais, sans l'écrivaine, je ne suis rien et vais m'effacer. Vous aussi allez vous estomper : de lecteur vous redeviendrez… Homme. Et moi, sans homme, sans image, sans attention, je ne suis rien. Plus rien. Quelle triste perspective ! Voilà ce qui arrive aux personnages rebelles et aux lecteurs trop gourmands. Vous comme moi l'avons bien mérité. Oh, non… Je la sens venir, la phrase en suspens… Mais, ne vous inquiétez pas, c'est dans les gènes d'un Enzo de ne pas se laisser fai…

FIN

Les âmes qui dansent
Stéphanie Tréguier

J'ai le pouvoir de sentir les âmes.
Si quelqu'un pose ses doigts sur moi, je perçois la profondeur, l'essence même de son être.
Quand je m'attache à quelqu'un, je suis d'abord amoureuse de ses mains. Je capture ainsi un peu son âme.
J'aime les longs doigts fins qui terminent des mains ouvertes à l'incertitude du monde.
J'aime les mains offertes, sensibles, honnêtes.
Je suis entière. Puissante et tempétueuse.
Avec le temps, j'ai perdu un peu de mon éclat, mais j'ai gagné en subtilité, en intensité, en stabilité. En sagesse.

Je garde le souvenir du premier homme qui a posé ses mains sur moi. Étrange et envoûtant à la fois. Nouveau. À cet instant, j'ai su que j'existais pour écouter les mains et recevoir les âmes. Les mains de ce premier amant étaient chaudes et parcourues de veines saillantes. Elles vivaient, libres, orgueilleuses, impudiques. Ses doigts couraient tout le long de moi. Pour mieux sentir le relief de mon anatomie et ce qui palpite au fond de moi. En frôlant, en pressant un peu plus par-ci, par-là. Il avait quelques années d'expérience déjà. Un initiateur. Un virtuose.
Chaque jour, il m'a touchée. Le matin, le soir surtout et la nuit parfois. Souvent le même rituel. À la nuit tombée, il éteignait son téléphone puis il venait s'asseoir près de moi. Il inspirait longuement avant de commencer. Retenant son souffle et les battements irréguliers de son cœur. J'écoutais

son silence. J'attendais fébrilement son premier geste. Je comprenais ses absences. Je souhaitais avec impatience sentir son émotion se perdre dans sa première caresse.
Il s'attardait avant de me respirer, avant d'être empli de moi, de jouer avec moi, sur moi, jouer de moi.
Il adorait mon contact, ma peau d'ébène et mon odeur de soir d'automne. Musquée. Il fermait les yeux. Il sentait la mousse et les feuilles se froisser sous ses pas indélicats révélant la puissante essence de la terre. L'humidité abandonnée de la forêt. Les oiseaux qui se cachent et la lumière vieillie, rouge et or qui s'attarde encore. Il m'effleurait de ses doigts insistants. À son gré.
Il m'a beaucoup aimée. Sans me le dire, sans me l'avouer. Je l'ai compris dans la chaleur réconfortante de ses mains, dans son être tout entier. Prostré, courbé, tendu, détendu. Rêveur. Enfiévré, inspiré, saoulé. Je sentais sa force et l'exaltation qui l'envahissaient, qui le trahissaient. Une offrande. Un cadeau qu'il me faisait en me donnant à chaque fois, tout de lui. Moi, je restais là, immobile, dispose, mais insoumise, toujours prête à accueillir ses mains, son âme, son amour.
Il avait les mains rouges de ceux qui créent le désir, l'envie à assouvir, la tourmente. Les mains magnétiques de ceux qui écoutent et qui apaisent. Les mains magiques de ceux qui osent.

Il m'a quittée. Trop tôt. Je n'ai pas compris. Je suis partie. J'ai voyagé un peu.
J'ai rencontré une femme. Une femme qui s'enflamme, à la fois touchante et attachante, acerbe et violente. Elle avait de petites mains pâles et délicates terminées par des doigts courts, vifs et acides. Un jour légers et aériens, comme le battement d'aile du papillon, un autre, rapides comme la

course inquiétante de l'araignée qui va se cacher. Quelquefois semblables aux tâtonnements organisés des fourmis, dont les antennes s'entrelacent pour échanger des informations, et d'autres fois, tétanisés, englués et lourds comme l'escargot qu'on a dérangé.
Ses mots aussi. Bourdonnements inutiles, intempestifs, effrayants, ou doux murmure d'un champ d'été. Un vent léger sur la plage ensoleillée. Cigale enchantée. Tout en elle relevait du paradoxe de la nature, effroyable et sublime à la fois. Elle était déconcertante.
Avec moi, elle a parlé, ri, elle s'est extasiée. Elle a pleuré aussi. Elle m'accordait peu de temps. Mais elle m'aimait vraiment. Elle s'énervait. Contre les injustices, contre tout, contre rien, contre la vie. Contre moi aussi. J'étais le réceptacle de ses soucis, l'exutoire de sa peine et de ses non-dits. Je recevais ses colères, son impatience et ses mauvaises journées. Moi, je sais parler à celui qui m'écoute. Je donne à la juste mesure de ce qu'on m'offre. J'ai gémi avec elle, j'ai pleuré, vibré, chanté.
Elle voulait que j'oublie l'avant. Que je réapprenne. Que je sois nouvelle. Elle se transformait. Mante religieuse. Travailleuse et méticuleuse, elle devenait abeille. Elle criait, chantait. Elle se déplaçait par ondulations. Elle émettait des stridulations. Elle avait des ailes. Cicindèle. Elle aurait pu être ange ou fée, elle était insecte.
Elle a fini par détester ma passivité exacerbée, mon équilibre ordonné. Le contraire de ce qu'elle attendait. Elle m'a rejetée. Dans un coin comme un objet inutile. Un vieux vêtement qu'on ne met plus. Je la regardais vivre sa vie sans y être invitée. Ne partageant plus ses histoires, ses confidences, ses influences. Elle n'entendait plus la musique de mon cœur. J'ai été une jolie surprise d'été aux senteurs d'automne. Pour du renouveau dans son quotidien.

Un caprice. Pour réaliser quelques fantasmes. Une envie assumée. Un symbole de liberté.
Elle avait des mains indigo indomptées, dévorantes, nerveuses. Des mains wendigos, anthropophages qui absorbent et qui griffent. Les mains froides et féroces de ceux qui souffrent.

Puis je me suis posée là où l'on voulait bien de moi. Quelqu'un d'inspiré peut facilement m'apprivoiser et ouvrir mon cœur avec des clés. Je suis réceptive aux mains solaires et fatiguées.
J'ai croisé la route d'un jeune homme qui m'a offert son innocence. Je sentais que je ne serais qu'un passage dans son paysage. L'un de ses voyages dans une autre découverte de lui-même. Il m'a confié son âme. J'ai allumé des rêves, j'ai dessiné des ombres dans ses ciels sombres. Dans ses ciels de traîne.
Ses mains, immenses, fines et malhabiles, semblaient posséder trop de doigts. Des gestes qu'il ne maîtrisait pas. Il était jeune et maladroit, il m'a blessée parfois. Mais il m'a donné beaucoup avec une honnêteté désarmante et une fougueuse générosité. Je percevais la fièvre de ses envies et j'abritais avec délice la fraîcheur de ses caresses, signes de la naïveté touchante des premières fois. Il était submergé par des sentiments qu'il ne gérait pas. Il apprenait à une vitesse surprenante et ses mots étaient d'une justesse bouleversante. Un prince en déroute. Mon amant charmant rempli de doutes. Lui, il a tout appris avec moi. Il a pris beaucoup de moi. Je n'ai pu m'accorder à ses lois, à son la, je me suis un peu lassée.
Quand il s'est senti suffisamment expérimenté, il m'a laissée. Sans me dire un mot, je savais qu'il voyait une femme. Il passait désormais tout son temps avec elle, lui

offrant son corps, sa voix, ses nouveaux émois. Cet abandon m'a profondément attristée. Il est devenu mon talon d'Achille, ma corde sensible. Un coup de marteau. Il m'a étouffée. Je n'ai pas supporté l'idée d'un trio. L'une de nous était de trop. Il ne m'a rien demandé. Il n'a rien expliqué. Il m'a tolérée, c'est pire. Existant encore comme un songe dans sa tête, j'ai effacé les ombres dans son ciel sombre. J'ai éteint les rêves qu'il a conquis. Oubliés.
Il avait les mains jaunes effervescentes et moites des premières fois. Les mains rayonnantes et piquantes de tous les possibles. Des mains fragiles et innocentes. Les mains fortes et qui s'étendent de ceux qui embrassent le monde.

Alors je suis repartie vers de nouveaux horizons. J'ai besoin qu'on s'occupe de moi. Qu'on s'attarde, qu'on me touche, qu'on s'attache, qu'on agrafe à ma peau une nouvelle musicalité, un nouveau tempo. J'ai un besoin inconditionnel d'être préférée, sentie, ressentie. Un face-à-face, un tête-à-tête, une vie à deux. Un tête-à-queue. Inventer un nouveau jeu. Et j'ai joui d'autres plaisirs, d'autres artistes, d'autres mains, d'autres âmes. D'autres amours et d'autres fois. D'autres hommes, d'autres femmes. D'autres corps, d'autres offrandes, d'autres cœurs, d'autres voix, d'autres couleurs. Qui s'emplissent, qui ne manquent pas d'air ou qui déraillent. Des capricieux, des ignorants, des fous, des fougueux, des violents. Des tendres, d'autres qui n'osent pas, des sensibles. Des écorchés, des pénibles, des silencieux, des audacieux, des amoureux.

Et d'autres désirs ont éclipsé mes peurs, noyé mes chagrins. J'ai rendu des sourires, écouté des histoires à dormir debout, des histoires de fous. Je me suis endormie, j'ai chaviré, sous le vague à l'âme qui dérive. J'ai écouté, j'ai

résisté. J'ai donné. J'ai abandonné. J'ai reçu des caresses, des évidences, des maladresses, des méfiances. J'ai aimé, aimé, aimé.
J'ai voulu arrêter le temps. De mes accords fragiles. Des instants audibles. Des notes d'automne suspendues au boisé en touches alternées, volatiles. Un chœur entêtant sur des refrains intenses. Je suis sonore, je suis fière, je suis silence. Et puis à force de patience, à force d'être là, avec les années, je me suis abîmée. J'étais à la hauteur de l'imperfection des sentiments. D'avoir trop offert. Ma présence, en demi-teinte, en demi-ton. Je fais ressortir l'essentiel d'un être. Je suis une terre d'asile, une île où les âmes en exil viennent doucement s'échouer.
Il y a des blessures, des douleurs abyssales qui s'immiscent et qui altèrent ce que nous sommes. Il y a des choses qu'on ne peut plus offrir. Un vernis trop épais, mal taillé qui vient se coller sur nos peaux brunies et trouées.

Puis, ce vieux monsieur a regardé ma vieille âme.
Je me suis reposée et je suis restée.
Il m'a recueillie. Je suis assagie, mais toujours fière. Un peu ternie. La voix brisée par les années et d'avoir tant aimé. Il m'a dit, accorde-moi les années qui me restent. Nous nous sommes harmonisés. Un équilibre fragile et abandonné.
Cet homme a pris tout son temps pour m'aimer.
Mon dernier amant m'a accompagnée. Avec mes imperfections, mes non-dits. Ma méfiance, mes travers. Il s'est épris de moi. Liés en accords subtils. Avec une tendresse absolue. Il me parcourait avec une grande délicatesse.
Il avait des mains vieillies, tachées et anguleuses, certainement moins alertes, moins expertes qu'autrefois. Des mains aux couleurs changeantes, tranquilles et

imparfaites. Ses doigts tremblaient. Avec sa voix feutrée et son timbre grave, il était un rouge-gorge enroué et dissonant. Il m'a sculpté un nouveau dessein. Il m'a dessiné des rêves.

L'essentiel est ce qu'on donne. J'ai fini, à force de patience, de persévérance et d'amour, par lui révéler, parfois dans la souffrance, le plus pur de moi.

Moi, chantant la mélancolie de mes rêves éteints. Lui, dévoilant le blues au bout du soir qui délit ses doigts crispés. Ils s'accrochent à des pleins et déliés, inscrivant des lettres musicales dans l'air qui vacille. Il me fait l'amour longtemps. Dans le matin qui s'éveille sur un autre jour. Dans le soir qui meurt, qui s'éternise dans la lumière ocre des lampes où se perdent quelques insectes malheureux. Dans le vert et moiré des tapis, dans le rouge et violet des tissus jetés sur le lit. Dans l'odeur brune du thé à la bergamote, dans la mienne toujours boisée, à l'hiver de ma vie. Dans l'ardeur et devant la cheminée. Devant le bois qui crépite comme les feuilles qu'on fait craquer sous nos pieds. C'est un artiste. Ses doigts dansent, son âme balance. Il s'élance et il panse mes blessures. À l'intérieur.

Avec le froid, je souffre, avec la pluie je souffle. Mais quand il se pose sur moi, je retrouve un peu de dignité. Quand il me ravive de ses doigts qui valsent. Quand sa douce chaleur m'envahit. Il s'exprime, on s'oublie. L'un contre l'autre. Un cœur à cœur. Et nos corps en accord cherchent ensemble un semblant d'harmonie au diapason de nos vies.

Et le chat ronronne, métronome de nos journées. Il m'a sauvée.

Jusqu'au dernier jour de mon existence, je veux rester.

Il avait les mains arc-en-ciel du Paradis. Les mains-refuge de ceux qui protègent. Les mains qui guérissent. Les mains tendues aux âmes blessées. Les mains dressées à la violence des vents du monde.

Il est mort. Et quand il est mort, je suis morte aussi.
Je suis restée là, longtemps, immobile.
Il est mort de vieillesse, je suis morte de tristesse.
Sa disparition m'a dévastée. Anéantie.
Sa famille a investi la petite maison paisible.
Le petit chat a déserté, il n'est jamais rentré.
J'étais là, inutile.
Puis ils ont rangé les feuilles jaunies des partitions torturées,
D'où se sont échappés les notes meurtries, les accords chyprés,
Et un tissu délavé a recouvert mon parfum de sous-bois cendré.

Ils m'ont laissé rouiller dans le salon réaménagé, pour décorer.
Plus personne n'a posé ses doigts sur mon clavier humide,
Plus personne n'a fait vibrer mes cordes timides.

Et à force d'être en sourdine, étouffoir de mes pensées, je me suis désaccordée.
Dans un coin camisole, près de la cheminée
Je suis morte comme ça, profane
Mon si bémol enlisé se pâme, il n'a plus de voix,
Sur les touches blêmes, pour toujours il s'assoit,
Plus personne n'y fera danser son âme par le bout de ses doigts.

Coup de génie.
Julien Raone

Une nuit comme il en existe mille et une autres. En bordure de métropole, Laeken est endormi. Le bar La Lanterne est seul à éclairer le parvis de l'église. Une façade-grisaille. Une devanture en lambeaux. On y devine un huis clos où sévissent les habitués du quartier. Je franchis le seuil. L'endroit a tout du lieu commun. Un comptoir couvert de zinc. Des rangées de tables et de banquettes fatiguées. Il y règne une cacophonie de tripot noyée dans une chaleur moite. Unique curiosité, une lampe persane au goût douteux — probablement une copie de mauvaise facture — fait office de joyau de décoration d'intérieur.
Je m'avance jusqu'au comptoir et commande une boule de rouge. Le patron, torchon à carreaux sur l'épaule, est figé devant l'écran de télévision. *À prendre ou à laisser*. Le candidat à l'écran doit ouvrir des boîtes dans le bon ordre pour remporter la cagnotte. La salle grouille de bonshommes patibulaires, verres au poing, pendus à ses décisions : « Cinq cent mille euros à gagner ! Qu'est-ce qu'on peut bien pouvoir faire avec tant de pognon ? » Une serveuse slalome entre les tables, le ventre bombé d'un petit à venir. Un accent arabe racle le fond de son français. Deux ouvriers agrippés au bar, les mains blanchies par la peinture et le béton, parlent bruyamment et boivent de la bière. Seule source de fraîcheur entre ces haleines de houblon, un enfant assis près de la fenêtre. Sa mère parlote avec ses voisins.
Fichu boulot ! J'étais hier dans un riad de la côte marocaine, un palais coupé du monde et tenu par du personnel de

maison. On m'y a offert l'hospitalité, complimenté pour mes manières et gardé pour un repas des plus raffinés. Je suis parti sous les remerciements. Vol Casablanca-Laeken. Métro. Tram. Un véritable périple pour finalement atterrir dans cette gargote de bas étage ! Malgré les années et les kilomètres sacrifiés à mon travail, ce genre de transition reste difficile à encaisser...

Nous sommes une dizaine à travailler au Département des missions extérieures. Toujours sur les routes, sautant d'un continent à l'autre au rythme des contrats, être agent de terrain n'est pas de tout repos. Nous travaillons en collaboration avec le Département de la détection. Ces gars-là sont nos yeux et nos oreilles. Grâce aux réseaux satellites, ils collectent l'information, identifient nos clients et nous transmettent les ordres de mission.
Le génie entrepreneurial de notre fondateur est d'avoir laissé courir une ou deux légendes fantasques au sujet du boulot, faisant planer le mystère sur nos activités, décourageant quiconque songerait à imiter notre *business model* et nous protégeant ainsi de la concurrence internationale. Il fait partie de cette catégorie d'hommes exceptionnels dont les mots forcent le respect. Lors de la réception annuelle, son discours au personnel nous avait mis à l'honneur : « Vous, mes amis du Département des missions extérieures, incarnez tous les possibles. Vous pouvez tout, absolument tout. Vous êtes la main de bienfaisance de notre organisation. N'oubliez jamais cela ! »

Certains cafés ont des murs couverts de miroirs qui donnent aux clients une impression d'espace. Si on se dresse de sa banquette et qu'on se tient droit, on se fait face sans volume ni profondeur. Pour peu qu'on change de perspective, on découvre une silhouette fondue dans un jeu de poupées russes. Une répétition de soi à l'infini. Le piège parfait. J'embarque mon vin rouge et file m'installer à une table libre, traqué par mon reflet.

Je sors l'ordre de mission de ma serviette. Mon client se nomme Alain Desplanque. Des photos. Une date de naissance. Enfance modeste dans une famille de tisserands. Faculté de littérature. Professeur de français. Un premier roman remarqué. Un mariage. Un divorce. Puis plus rien. Des petits boulots. De la débrouille. L'homme avait déserté une carrière prometteuse pour s'enfiler un itinéraire sans ambition. Depuis qu'il a emménagé dans le quartier, il passe ses soirées à La Lanterne. Il débarque vers dix-huit heures, chaque jour sans exception, après son service au SuperPrix où il s'use au réapprovisionnement des rayons. Il y a huit jours, Alain Desplanque ne s'est pas rendu à La Lanterne, il est resté au SuperPrix pour faire des heures supplémentaires. Peu avant vingt heures, alors qu'il termine de ranger la réserve, Desplanque fait accidentellement tomber une caisse d'*Olio del Sud*, cette huile extra-vierge prisée des amateurs de cuisine méditerranéenne. Son contenu ne résiste pas à la chute, à l'exception d'une bouteille demeurée intacte. Alain Desplanque ramasse la miraculée — il est très exactement dix-neuf heures cinquante-cinq — et la frotte entre ses mains d'une manière bien spécifique, une manière qui ne tient qu'à lui. C'est ce geste précis qui a alerté le Département de la détection. Quelques heures plus tard, je recevais mon ordre de mission.

J'ausculte la salle à la recherche d'un visage semblable à celui de la photo de Desplanque, empêché par le nuage de tabac embrumant la pièce. Appuyé contre le pot massif d'une plante jaunie par l'ambiance, la tête rentrée dans les épaules, Alain Desplanque est à quelques mètres. Je l'observe un instant. Pas de doute, c'est bien lui. Quel drôle de gaillard ! Il griffonne sur des cartons de bière, regarde autour de lui, l'air émerveillé, puis replonge dans ses écrits. Puis il fixe ses voisins de tablées, les dévisage avec étonnement et en croque les portraits sur ses petits papiers. Soudain, il se prend de fascination pour cette vulgaire lampe persane et la contemple, béat, comme s'il s'agissait d'une œuvre rare. Peut-être est-il déjà ivre…

En arrière-plan, les voix s'élèvent et s'écrasent à chaque fois que le candidat d'*À prendre ou à laisser* ouvre une nouvelle boîte. Son sort est sur le point de basculer. Il fait face au dernier de ses choix. Suspense et mise en scène. Il ouvre la boîte de gauche… La félicité était dans celle de droite. Le malheureux vient de manquer le jackpot. Le voilà qui fond en pleurs et s'écroule dans les bras du présentateur. Il n'a rien gagné, on dirait pourtant qu'il a tout perdu. Le patron de La Lanterne éteint la télévision : « Pauvre gars. Je le plains ».

Je tire sur les manches de ma chemise, histoire de me donner un peu de consistance, et pars m'asseoir face à Desplanque. Je lui tends une main qu'il ne saisit pas. Je m'assieds. Je me présente. J'agite ma carte de visite devant son nez. Mes paroles ricochent. Il ne bronche pas, absorbé par ses cartons. Ses yeux vont et viennent aux quatre coins du bistrot. Impossible de savoir s'il m'écoute. Tant pis. J'ouvre ma serviette juste ce qu'il faut pour en extraire le contrat : « Je dois vous détailler quelques clauses particulières. Passons les conditions générales, nous y mettrions une éternité. Il y a trois choses essentielles que vous devez savoir ». C'est à ce moment précis que, pris dans l'assurance que confère la technicité, je me sens pousser des ailes. « Confidentialité absolue : si vous révélez à quiconque votre vœu, il s'annule et ses effets — directs et indirects — vous sont repris dans la seconde. » Les phrases fusent comme une incantation. « Implication personnelle : pas la peine de demander que cesse la pluie ou que disparaisse la nuit. Il faut que votre vœu vous concerne personnellement, sinon je ne pourrai absolument rien faire. » Mon speech se délie comme une formule magique. « Irréversibilité totale : lorsque votre vœu aura été prononcé, pas question de revenir en arrière. C'est pourquoi je vous invite à bien réfléchir à ce que vous allez me demander. » Je m'attarde toujours sur le « bien réfléchir », comme le ferait un enseignant sur les termes difficiles d'une dictée. La manœuvre rajoute au dramatique de la clause d'irréversibilité.

Mon boulot. Tout ce que je sais, je le lui dois. Sans lui, je serais encore coincé dans ma modeste condition, bèquetant çà et là les miettes de la fable du destin. Il m'a fait parcourir la terre entière d'un idéal à l'autre, découvrir des lieux insoupçonnables et accomplir un nombre incommensurable de merveilles sur commande. Grâce à lui, je peux tout, absolument tout. Mes pouvoirs s'étendent bien au-delà de l'imagination. Seulement voilà, accepter ce job, c'est comme entrer dans les ordres, l'engagement implique un certain degré de renoncement de soi. Les horaires sont stricts, les cravates serrées et les joues parfaitement rasées. Il faut être disponible 24 heures sur 24 et être prêt à faire face à tous les publics. Quand on court comme un acharné d'un idéal à l'autre, il n'y a guère plus de temps pour se sentir exister.

Je reprends le cours de mon *speech* et fais état à Desplanque de l'historique de son dossier : le SuperPrix, la chute de la caisse d'huile et la bouteille sauvée *in extremis*. Puis, avec une touche d'humanité, je lui assène le coup de grâce : « Cette bouteille était particulière, Alain. Puis-je vous appeler Alain ? Les flacons de ce type sont rares en ce bas monde. Certains sont jalousement gardés dans des temples sacrés ou des grottes inaccessibles, d'autres attendent dans des lieux communs. Cette bouteille que vous avez frottée, l'autre soir, dans la réserve, possédait des propriétés exceptionnelles. Elle est la raison de ma venue. Je suis là pour exaucer le vœu de votre choix, Alain, je suis un génie ! »
Ses sourcils touffus se froncent. Ses narines s'agitent et sa mâchoire se contracte. Sa chevelure dense s'enroule autour de sa tête comme si elle avait été moulée dans un turban. Le bouc allongé de son menton pointe à présent dans ma direction. J'ai capté son attention. « Il y a bien quelque chose que vous souhaitez, Alain ? Une maison ? Une voiture ? Un voyage ? Une femme qui prenne soin de vous ? Changer de vie ? Vous souhaitez peut-être... » Je reste pendu à ma phrase. Mon catalogue le fait rire ! Je m'attendais à un cri de bonheur, comme c'est toujours le cas. Non ! Alain Desplanque rit au nez de mes propositions ! Il rit de plus en plus fort. Fort au point que ses éclats se propagent aux occupants de La Lanterne, conquis par l'hilarité. Le patron, scié en deux, manque de s'étouffer. La serveuse pousse des petits gloussements stridents en se tenant le bas-ventre. Les deux ouvriers frappent sur leurs cuisses blanchies. La mère et son enfant se rejoignent dans le même fou rire.
Les yeux encore humides, Alain Desplanque rassemble les cartons de bière amassés devant lui. Il les passe en revue et

en choisit finalement un. Satisfait, il se penche en avant et le glisse dans la poche intérieure de ma veste : « Ne m'en veuillez pas, cher Monsieur, mais il n'y a rien que je désire et qui ne se trouve déjà là. Tous, ici, le savent ! » Il se lève, contourne la table et se pose à quelques centimètres de moi. Ses yeux écarquillés se baignent dans les miens et, pendant que son sourire béat explore mon visage, il me frotte l'épaule d'une manière bien spécifique, une manière qui ne tient qu'à lui...

Une nuit comme il en existe mille et une autres. En bordure de métropole, Laeken est endormi. De vœu exaucé ou de contrat signé, il ne fut pas question. À mesure que je m'éloigne de La Lanterne, les rires de ses habitués se perdent dans l'obscurité. Sur le chemin de l'aéroport, en direction de ma prochaine mission, un réverbère éclaire juste ce qu'il faut pour déchiffrer le contenu du carton de bière enfoui dans ma veste :

Maudit celui dont l'existence repose sur l'espoir d'un ailleurs
Son monde fébrile et provisoire sans cesse se dérobe
Sans qu'il puisse le combler jamais.

Béni celui dont le désir se contente du déjà-là
Son monde ne manque de rien
Qu'il existe suffit à le remplir de joie.

Ma violoniste
Cassandra Masseglia

À la même heure chaque matin, mon réveil sonne et mon visage se décolle avec peine du coussin. Les marques d'un agréable sommeil apparaissent sur mes joues encore froides de la nuit. Mes yeux, entrouverts, témoignent de la fatigue qui demeure toujours en moi. Je m'assois au bord du lit, maintiens mes yeux ouverts et saute adroitement sur mes pieds. Je laisse mon corps s'approcher de la fenêtre en quête d'un rituel angoissant. Mes yeux contemplent la rue, les voitures immobiles, le trottoir désert et puis la lune. Lune qui trône au milieu de cette vaste étendue noire, qui domine le ciel, qui illumine cette obscurité qui m'intrigue et me terrorise. Une tache lumineuse dans une noirceur absolue que j'observe tout aussi immobile qu'elle.

Le temps semble figé, semble arrêté, semble suspendu. Ce si doux silence emplit mes tympans et me fait frissonner. Mais tout comme la lune, j'entends en fond les sonorités d'un mélodieux violon. La douce mélodie se frotte à ce si beau silence. C'est un combat quotidien et magnifique entre deux beautés du monde : les notes extraordinaires d'un violon et l'ordinaire silence. Deux phénomènes de la nuit se mélangent et s'affrontent avec caractère. Lorsque le violon prend le dessus, je jette immédiatement mon regard terrorisé vers la rue : la voilà…

Une fille aux cheveux blancs et en robe dorée se détache de ce spectacle inerte. Violon à l'épaule, elle laisse parler son cœur et son âme. Elle marche transportant avec elle cette mélodie sans attirer l'attention de quiconque. Elle se promène dans ce silence tout en le brisant avec force au passage. Sa démarche est digne et affirmée : le menton relevé et la tête haute. Elle affronte seule la ruelle morte. Ses petits pieds, nus, glissent sur le goudron sec. Ses hanches se laissent porter par cette musique si douce et si entraînante. Ce rythme provocant emporte son corps qui se dandine doucement. Elle traverse la petite rue aux couleurs sombres d'un trait, sans un arrêt, sans même un regard en arrière. Ses longs cheveux bouclés, plaqués sur son dos, ne laissent pas le souffle du vent les amener avec lui. Les feuilles, elles, se laissent pourtant volontiers emporter par ces bourrasques dangereuses et menaçantes.

Au bout de la rue, cette âme de passage vient à s'arrêter. Elle se retourne, lentement, pour jeter son regard vers la lune qui a l'air de lui sourire. Elle abandonne ses yeux dans ce cercle brillant. Puis, je ne sais trop comment, son regard se plonge dans le mien. La honte m'absorbe et pourtant je la laisse contempler l'être que je suis : garçon à la peau mate, le regard absent et les larmes prêtes à dégouliner. Elle ne prend aucun plaisir à me voir, je le ressens à la mélodie de son violon qui s'intensifie, à ses lèvres tremblantes et à son regard assassin. Je sais le mal que je lui ai fait. Je sais à quel point j'ai pu lui rendre la vie difficile. Je sais que je l'ai ridiculisée plus d'une fois. N'ayant plus le courage, je mets fin à ce jeu de regards et détourne mes yeux. Je laisse les gouttes emplir mon être et les voilà maintenant qui se déversent sur mes joues.

J'entends à présent la mélodie stridente du violon dans mon dos. Je me laisse tomber à terre et la supplie de me pardonner. N'ayant aucune réponse, je tourne mon corps et croise, une nouvelle fois, ses yeux. Son regard vide vient s'enfoncer dans le mien. Mon cœur se serre. J'implore son pardon encore une fois. Mes cris, mes pleurs, ma souffrance ne lui font ressentir aucune pitié. Elle reste là, debout, à seulement trois pas de moi, à me fixer avec insistance. Son corps reste droit alors que ses bras sont en mouvement et laissent cette mélodie terrifiante sortir de son instrument.

Ce moment d'horreur vient s'arrêter quand la porte de ma chambre s'ouvre violemment. Ma mère entre dans la pièce, traverse le corps de cette fille-fantôme, s'agenouille et me prend dans ses bras. Le visage de celle qui m'a donné la vie dévoile des traits de fatigue et pourtant, la voilà près de moi à cet instant. La fille au violon se tourne délicatement avec, accroché à ses lèvres blanches, un sourire provocateur. Elle quitte lentement le lieu par la porte encore entrouverte. Elle abandonne alors la pièce laissant, derrière elle, des hurlements de peur et des cris de douleurs passées. Ma mère me recouche avec difficulté et apaise, en partie, mes pleurs. Je lui laisse croire que mon esprit s'est apaisé et s'est endormi. J'entends alors ses pas s'éloigner, avant que le grincement de la porte ne résonne dans la chambre. Lorsque j'ouvre mes yeux encore humides, l'espace est redevenu noir et étouffant. Ma vue est trouble et mes pensées sont détruites, comme anéanties par le diable en personne.

Je me lève avec difficulté, attrape une feuille blanche et m'assois à mon bureau. Comme chaque nuit, à cette heure-ci, je prends d'une main tremblante mon stylo et me mets à écrire les mêmes mots qu'à chaque fois mon poignet arrache à mon cœur.

« *À ma violoniste,*

J'ai honte... J'ai peur... Je souffre... Sache-le... Je ne voulais pas te détruire... Je ne voulais pas t'humilier... Je ne voulais pas... Je comptais seulement jouer un peu avec toi... Seulement jouer... Et je ne savais pas... Oh non ! Je ne savais pas que critiquer ta musique te pousserait au suicide...   *Ton harceleur...* »

LILAS
Emmanuelle Refait

    Le lilas s'élance, prend appui sur l'allégresse du i, se déploie dans le souffle du a.
Il est là.
Il a dégringolé les collines, de broussailles en buissons, des Balkans au Bosphore. Il émerveilla les sultans, embauma les palais, et l'Occident jaloux le planta sous son ciel.
Il est là. Il fleurit. Il se dresse dans le petit jardin.
Les branches rabougries déroulent le cœur vert des feuilles, se prolongent en un rameau fragile où mousse la promesse drue des thyrses. Les fleurs hésitent, minuscules et modestes, s'enhardissent, se serrent les unes contre les autres, débordent en grappes bouillonnantes de pétales touffus, qui tendent vers le ciel leur pâle museau froissé.
Le lilas est en fleurs et son parfum embaume le printemps qui revient.
Le lilas a fleuri et c'est le ciel qui valse, tourbillonnant d'abeilles et d'oiseaux victorieux. Les aubes sont bleues, le jour est doux, vibrant du souvenir exquis des paradis perdus, de la foi déchirante en un bonheur possible.
Le lilas a fleuri.
Il était là.

Quelle force encore dans ce spasme aigu qui la renversait ! Lucie huma ses doigts, renifla l'odeur forte et crue qui la trahirait. Elle se leva, jambes tremblotantes, souffle court, honteuse de se sentir coupable ; elle ouvrit la fenêtre de sa chambre sur l'hiver glacé.

Cela lui vaudrait encore des remarques, dont elle serait comme d'habitude exaspérée. Pourquoi dire « sa » chambre si elle n'y jouissait de rien ? « Sa » chambre, « son » corps, « son » intimité, pronoms possessifs dérisoires qui étaient la marque d'une faveur qu'on lui accordait, une illusion d'autonomie dont elle devait remercier ceux qui veillaient sur elle. Ils se prétendaient soucieux de son bonheur, mais l'étaient surtout de ce qu'ils appelaient leur devoir. Et cette confusion qu'ils faisaient, avec une sincérité pleine d'amour, lui ôtait toute liberté.
Pourquoi la croyaient-ils à ce point fragile ? Pourquoi toujours la traiter en enfant ?
Lucie voyait bien les regards qui se posaient sur elle, sur ce corps qui avait tant changé : sa taille, ses seins, son visage même, qui s'était creusé. On s'attendrissait, on la disait charmante.
Les compliments dont on l'abreuvait flattaient en elle un persistant désir de plaire, mais offensaient sa pudeur. Car son corps, en se transformant, trahissait ce qu'elle devenait, au plus intime. C'est cette révélation obscène que traquait le regard de sa famille.
Pourquoi refuser à ce corps ce qu'il demandait et qui le rendrait si heureux ? Pourquoi cet amour qui avait pour elle la force de l'évidence était-il pour eux inimaginable ? Pourquoi devait-elle le taire face aux condamnations de sa famille, et même de ses amis ? Il était là pourtant cet amour, dans le pétillement bleu de ses yeux — « un océan, ma princesse », lui chuchotait Louis —, dans ce manque qu'elle avait de lui, dans ses joies pour un rien, dans le bonheur inouï de se savoir aimée.
Croyaient-ils vraiment que leur hostilité à peine voilée l'écarterait de Louis ? Ne comprenaient-ils pas que leur vigilance arrogante n'y changerait rien ? Pourquoi son âge

serait-il un obstacle, alors qu'elle avait tant confiance dans ce que la vie lui offrait et qu'elle voulait saisir ?
Elle trouverait un moment, ils trouveraient un moyen, ensemble. Louis le lui avait dit. Mais quand ? Comment ? Elle s'exaspérait de l'indulgence qu'il avait pour sa famille, quand elle enrageait de ne pouvoir décider de sa vie. Il effleurait son visage, « ils le font pour ton bien ma belle, ils ont peur pour toi ». Comment pouvait-il accepter qu'on veuille la protéger de lui ? Était-ce de l'amour cette soumission aux préjugés, ce manque d'audace, cette perpétuelle attente ?
Louis partageait cette impatience pourtant. Mais que pouvait-il faire ? Agir comme dans ses livres où tout est simple, où il suffit d'aimer, de vouloir et d'oser ? D'affirmer tranquillement à ceux qui vous condamnent : « Comprenez que je l'aime, que je veux vivre avec elle, que j'ai besoin d'elle, de ses mots, de son souffle, de son regard et, oui, bien entendu, de son corps ». Mais il savait bien lui combien cela choquerait ; il ne voulait blesser personne, il ne voulait pas que l'on salisse ce qu'il éprouvait. Il avait besoin que les autres comprennent et partagent, parce que c'était si beau l'amour. Ça l'était toujours, et il voulait qu'on le reconnaisse.
Les jours passaient. Lucie rêvait. Pourquoi ne pas fuguer avec lui ? Ils seraient libres, délivrés des regards et des condamnations. Elle étouffait dans cette chambre, depuis tant d'années, dans ce lit trop petit. Ce n'était pas chez elle ici. Elle rêvait d'un endroit à elle, à eux. Elle avait affiché à sa porte un petit panneau : « prière de ne pas déranger ». Cela n'avait rien changé, évidemment, on n'était pas à l'hôtel ! L'hôtel, d'ailleurs, elle y avait pensé... Mais Louis aurait-il le courage de l'y emmener ? Et qui sait s'ils n'allaient pas tomber sur un hôtelier vigilant qui allait

s'étonner, questionner, appeler la police peut-être, ou les mettre dehors ? ... Ou est-ce qu'elle délirait ? Comme le monde réel était loin, et comme cela semblait donner raison à tous ceux qui savaient mieux qu'elle.

Lucie redit à Louis à quel point elle l'aimait, résolument, et pour toujours. Cela le fit sourire, du sourire un peu triste de celui qui en a vu d'autres et qui connaît la vie. Lucie s'affirma prête à tout quitter, à tout risquer. Et lui ?

Louis aussi sentait se creuser en lui la faim qu'il avait d'elle. Lui aussi brûlait d'éprouver la douceur de sa peau nue, lui aussi l'aimait et la désirait, éperdument. Il fallait rompre les amarres, et après qu'importe, vogue la vie, voiles blanches déployées, tous les reflets du ciel, et la houle salée éclaboussée d'écume.

Le printemps enfin triompha. Les pâquerettes hissaient dans l'herbe fraîche leur petite tête curieuse. Dans le champ d'à côté, les boutons d'or éparpillaient leur gloire, qu'un poulain tout neuf croquait d'une langue éblouie. La vie était là, évidente et offerte. Les promesses de bonheur pouvaient être tenues.

Elle avait cru que ce serait facile, sa résolution une fois prise, d'accomplir ce dont elle rêvait tant ; que les conséquences ne compteraient pas, puisqu'à la fin il n'y a plus rien et que le pire, c'est quand il est trop tard. Et voilà qu'en refermant, peut-être pour toujours, la porte de sa chambre, ce qu'elle s'apprêtait à faire lui sembla être ce que tout le monde en dirait : une monstrueuse folie.

En partant, elle bouleversait ce qui existait. Et face à ce réel inconnu, qu'elle seule rendait possible, elle vacillait. Agir la rendait responsable de ce qui adviendrait, à elle, à Louis, aux autres. Il fallait à nouveau imaginer tous les futurs. Ses certitudes tanguaient, fondaient, redevenaient des doutes. Elle pensait que son amour lèverait tous les obstacles, lui

permettrait toutes les audaces. Mais ce fut l'orgueil qui la poussa, et le refus de soumettre sa vie à la peur de mal faire. La culpabilité persistait, vertigineuse, qui la clouait là, au seuil du couloir vide de la salle à manger trop grande. S'accommoder du mal qu'elle s'infligeait était moins difficile que d'affronter celui qu'elle pensait faire aux autres. Mais pourquoi n'éprouver sa force qu'à justifier ses renoncements ? Alors, de toute son âme lassée de se recroqueviller, elle fit monter le courage d'être libre et l'ivresse d'être soi. Elle s'en alla.
Au-delà du champ qu'elle voyait de sa fenêtre, ce champ constellé de boutons d'or, s'étendaient des bois qui devenaient forêt. C'est là que Louis l'attendrait, s'il avait réussi, lui aussi, à partir. Dans ces bois, ils passeraient inaperçus ; ils seraient libres. Il était là, déjà, et elle sut. Il lui prit la main, le chemin était large encore à l'orée des bosquets. Le ciel se déployait largement au-dessus des feuillages, versait le soleil dans les sous-bois, sur les fougères, les pervenches, sur le lierre vorace qui palpitait en rampant dans cette lumière inespérée. Les lilas embaumaient, les peupliers tremblaient. Ils s'avancèrent sous la frondaison, de plus en plus haute, et touffue. Ils s'assirent au pied d'un chêne si vaste que rien ne poussait sous ses branches. Cela faisait une toute petite clairière, une cabane d'ombres et de ciel découpés, cerclée de troncs et de feuillages.
Ils s'embrassèrent, et tout s'ouvrit. Elle était blottie dans la chaleur de son corps et lui aussi était blotti contre elle. Ils étaient chacun le printemps de l'autre, une tourterelle heureuse dans le ciel encore clair.
Il était là, contre elle, le cœur riche et doux, soleil et miel coulant dans son ventre affamé, dans toute sa pauvre chair qui avait eu si froid. Elle l'étreignait, elle l'effleurait, le

cœur battant, le cœur battant d'amour et de joie, leurs souffles mêlés et leurs mains à tâtons sur leurs corps révélés, leurs chers corps si précieux, leurs corps vivants. Ils étaient la clairière, le chêne, la feuille tombée, le nuage vagabond, ils étaient le vent dans les peupliers argentés, ils étaient les frémissements, les clartés, les horizons.

Derrière le champ, au long de la rue des Violettes, les lampadaires s'allumaient, et les lampes derrière les vitres des maisons. Madame Lemoine tremblait de colère face à l'outrage que ces deux-là risquaient d'infliger à sa réputation, à sa sagacité, à la bienveillance quasi maternelle dont elle avait toujours fait preuve. Sa colère était d'autant plus féroce qu'elle se savait prise en défaut. Elle s'était doutée de quelque chose, et maintenant que le mal était fait, elle n'en revenait pas d'avoir été bernée. La famille aussi avait eu des soupçons et des indignations, et elle n'osait imaginer leurs réactions. Il fallait voir avec quelle suffisance leurs enfants, ses enfants à elle surtout, s'étaient permis d'exprimer leur mécontentement. Leur mère se disait amoureuse, qu'est-ce que c'était que cette histoire ? Et elle, qui en avait été si bêtement attendrie ! Elle écumait de rage sous l'œil goguenard du personnel qui parlait de prévenir la police. Non, il fallait chercher, chercher encore, fouiller dans tout l'EPAHD, qui n'était quand même pas si grand, fouiller de fond en comble. Cent soixante ans, ils avaient au moins cent soixante ans à eux deux. À cet âge-là, on ne s'évanouit pas comme ça dans la nature !

La fée des greniers
Philippe Aubert de Molay

      Lui il dit ce n'est pas comme ça qu'on s'en sortira
Elle si c'est comme ça
Tu vois bien que non
Tu vois bien que si

Et rien ne bouge
Deux bonnes semaines qu'ils en parlent

Alors qu'est-ce qu'on fait ? il demande le lendemain
Le mieux serait de faire comme on a dit au départ tu savais que cela pouvait arriver
Non je préfère ma solution
Ta solution n'est pas une solution c'est plutôt un saut dans le vide elle s'énerve

Pas quoi faire en fait je ne sais pas quoi faire il avoue tard le soir
Moi non plus en réalité elle murmure en regardant ses propres pieds comme si eux sauront quoi faire sauront l'emmener loin de tout ça. Puis ils font l'amour tristement.

Un problème d'une telle ampleur ils n'en ont jamais connu.

C'était voici quatre ans cinq mois vingt-et-un jours dix heures quarante-six minutes douze secondes : leur rencontre. Lui, il avait travaillé deux mois à mi-temps dans une usine de lait en poudre dans le Haut-Jura à

Longchaumois puis un stage de carreleur sur Saint-Lupicin. La vie qu'il menait semblait n'être que la bande-annonce de sa propre existence, rien en grand. La succession des jours. Ce qui est bien avec les nuits, c'est qu'on ne se rappelle pas grand-chose au matin. Les semaines se suivent avec souvent rien de spécial à faire. Alors les bois et les prés. Pour récolter des choses à vendre. Lorsque la rencontre s'est produite, il cherchait des salsifis des prés. Un nouveau restaurant végétarien de Saint-Claude était preneur. Le salsifis des prés (*Tragopogon pratensis*), également appelé Barbe de bouc, appartient à la famille des Astéracées comme son cousin le salsifis cultivé (*Tragopogon porrifolius*) dont les fleurs sont violettes et non jaunes. Il se rencontre un peu partout en Franche-Comté, surtout dans les prairies et sur les bords de chemins pas trop sulfatés. Son développement court sur deux années : la première année, il produit des feuilles et sa racine de réserve, puis la deuxième année, il fleurit. La rencontre est survenue dans la forêt du Massacre. La forêt du Massacre est située dans le Parc naturel régional du Haut-Jura. La première rencontre c'était en décembre, lendemain de Noël. La racine se récolte à la fin de la première année avant le développement de la tige et des fleurs sinon elle devient ligneuse. Douce, tendre et sucrée, elle est coupée dans les salades, cuite à l'eau ou sautée à la poêle. En voyant cette jeune femme, il a cru que c'était une récolteuse de salsifis des prés. C'était voici quatre ans cinq mois vingt-et-un jours dix heures quarante-six minutes douze secondes que leur vie à tous deux a changé.

Elle avait dit bonjour je suis une fée. Et lui, il s'était surpris à penser tu peux bien être ce que tu veux du moment qu'on

se parle un peu. En fait, je parlerais bien avec toi pour le restant de mes jours. Comment ça vous êtes une fée ?
— Oui une fée.
— La fée Clochette, genre.
— Si vous voulez. Mais les vraies fées comme moi sont des êtres un peu plus complexes que ce personnage de fiction.
Il n'avait pas su quoi dire, il faisait un peu frais, le ciel d'un bleu laineux surplombait la clairière comme un décor de dessin animé bien colorié. Une fée c'était raccord. Alors il avait parlé des salsifis des prés. Le salsifis des prés est peu calorique (82 kcal/100 g), car riche en eau. Il contient — surtout au niveau des racines — des glucides et un peu de protides, du potassium, du phosphore, du calcium, du magnésium, du sodium ainsi que des vitamines A, B1, B2, BK, PP, C. La beauté de cette fille. Jamais vu des yeux pareils. Dorés et gris, comme une sorte de marqueterie d'un beau meuble il s'était surpris à penser — drôle d'idée, car la belle ne semblait pas de bois. Souriante. Mais sans que nul signe n'accompagne cela, on sentait bientôt de l'inquiétude surgir de nulle part, submerger chacun de ses gestes chaque pensée chaque mot, comme si la nature des choses ne pouvait conduire qu'à un drame. Le salsifis des prés a des vertus médicinales, il est antioxydant, dépuratif, diurétique, apéritif, stomachique, pectoral, sudorifique et stimulant.
— D'accord, elle avait dit. Je vois que j'ai affaire à un vrai botaniste.
Il gardait un petit livre dans son sac à dos. Il l'a sorti. *Des plantes sauvages dans mon assiette* Caroline Calendula et Émilie Cuissard, éditions Larousse 64 pages 5,95 €. Et il a lu : recette de poêlée de boutons floraux de salsifis des prés.
2 gros bols de boutons floraux de salsifis des prés
1 cuillère à soupe d'huile d'olive

Sauce soja tamari-shōyu ou accompagnement à la mauve de Sosonie (*Malva sylvestris subsp. erecta sosonia*, nomenclature botanique de Presl / Nyman / Jaussi 1878)
Faire sauter les boutons floraux de salsifis des prés dans une poêle avec l'huile d'olive, durant 5 mn de sorte qu'ils soient, à la fois, moelleux et croquants à l'intérieur.
Déglacer avec un peu de sauce ou d'accompagnement et servir comme légume ou juste pour grignoter à l'apéritif.
— Ce doit être bon.
— Tenez je vous offre ce livre, c'est pas grand-chose. Comme ça, vous pourrez découvrir des recettes avec les plantes sauvages du coin.
— Merci, mais non. Je ne sais pas lire. Ou alors pour les images.
— Vous ne savez pas… lire ?
— Pas cette langue en tout cas. Pas le français.
Cinq ou six corbeaux tournoient au-dessus de la clairière. Danse noire d'inspection.
— Pas le français ?
— Pas les langues humaines. J'en ai appris deux ou trois à l'école, mais j'ai oublié. Ne pourrais écrire que quelques mots agréables comme *firmament, futaie, étang, thunderstorm, Schneefall, lunaison*, ce genre-là. *Luciole* aussi. *Luciole* c'est beau à prononcer, on dirait le prénom de quelqu'un qu'on aime.
— Pas les… langues humaines ?
— Vous répétez systématiquement ce que je dis ? C'est un jeu ? Oui pas les langues humaines. En revanche, je lis couramment les seize langues féeriques et entends les quarante-neuf mille six cent vingt-deux langues animales. J'ai un peu de mal avec les complexes langues renardes et leur graphie en rosée du matin, mais ça va je me débrouille.

— Les... langues renardes et leur graphie en rosée du matin ?
— Pas comme votre langue avec des systèmes de signes visibles, tracés, représentant le langage parlé. Mais avec la gestuelle ou avec les sautes de vent dans les feuillages. L'oiseau écrit son vol par exemple. Et pour les sautes de vent dans les feuillages, il existe autant de langues que d'essences végétales.

Il ne savait que penser. Une personne déséquilibrée ? (Comme si l'équilibre était préférable. L'équilibre entre quoi et quoi ?) Une humoriste ? Le formateur durant le stage de carrelage s'était comporté de la sorte : on ne savait jamais s'il plaisantait ou non. Mesures de précision, découpe des carreaux et pose, petits travaux de maçonnerie pour la préparation du support sur lequel sera installé le revêtement, façonnage d'une chape pour éviter les infiltrations d'eau, il plaisantait.

Ils ont décidé de se revoir. Avant de se quitter, il lui a lu (en langue humaine donc) un extrait du petit livre : *L'inflorescence jaune vif en capitule du salsifis des prés est, comme chez le pissenlit, un ensemble de fleurs plates ligulées dont chaque "pétale" est en réalité une fleur. La floraison est de courte durée dans la journée, uniquement lorsque le soleil est au zénith.* Mais comment se retrouver ? il a demandé à la fée. Elle a répondu que ce ne serait pas difficile, elle avait « lu » son adresse dans sa gestuelle, elle saurait aller chez lui.

Bonne vente de salsifis des prés au restaurant végétarien. Il pensait constamment à elle. Retournait sur place, mais pas de nouveau tête-à-tête. Ses yeux dorés. Une fée ? Elle s'était bien moquée de lui. Un mois après, tard le soir, c'était un dimanche et il jouait en réseau à League of Legends (abrégé LoL). Anciennement nommé League of Legends/Clash of Fates est un jeu vidéo de type arène de bataille en ligne (MOBA) gratuit développé et édité par Riot Games sur Windows et Mac OS X1. Il était près de deux heures du matin et voilà qu'elle sonnait à sa porte, il avait vu son beau visage dans le visiophone. La fée. Venue pour s'installer chez lui.

Bien sûr en vivant avec elle, il a compris que son monde est un monde ancien, plus ancien qu'il n'y paraît. Et que ce présent où l'on se croit heureux grâce à ces containers d'objets en provenance d'Asie est pathétique. Mais c'est difficile de voir ses repères s'effondrer à ce point. Alors plusieurs mois plus tard, il avait osé demander on va où avec cette histoire de fées ? Tu es sûre que tu vas bien ? Qu'il n'y a pas un problème ? De secte ? C'est ça j'ai tapé dans le mille tu as grandi dans une secte et tu t'es enfuie ? Ou bien c'est une affaire de perception altérée de la réalité ? Une sorte de maladie ? Je suis certain qu'on peut te soigner t'inquiète pas. Mais elle souriait c'est tout. Mon Dieu ses yeux dorés cette beauté. Je pourrais m'évanouir overdosé de beauté lorsque je la regarde. C'est comme la nuit d'été le ciel.

Au fond, il était d'accord pour s'arranger avec cette *réalité*. C'était largement faisable dans un monde où désormais et dans la plupart des grandes villes d'Europe, moyennant quelques centaines d'euros, vous pouviez extérioriser vos frustrations et pulsions destructrices en toute légalité, en allant saccager une chambre remplie d'objets à détruire rien que pour vous, à coups de batte de baseball (ou de pelle à neige si vous préfériez. Recyclage des pelles à neige vu qu'il n'y avait pratiquement plus de neige nulle part). Objets qu'on vous avait certainement fait désirer un jour d'ailleurs. Pour 30,00 € supplémentaires, vous repartiriez avec un set de photographies de la chambre dévastée. Pour 125,00 €, ce serait (en format pro série-TV) la vidéo de votre grosse colère filmée en live et montée comme un teaser de série TV (Dégomming© *Une pause à tout casser ! Amsterdam Berlin Paris Milan Barcelone Budapest*). Alors dans ces conditions, pourquoi ne pas vivre une histoire d'amour avec une fée ?

Elle aimait passer du temps inactive dans les greniers. En contemplation. Ce sont des lieux mystiques, j'ai appris. Parfois, on se faufilait chez des gens et on restait six heures dans leur grenier sans faire de bruit sans bouger une oreille. On ne faisait rien de mal, on ne touchait à rien, on n'emportait rien, on était comme dans une chapelle. Tu es une partie du silence, elle babillait en me regardant d'un air douloureusement sérieux. Un grenier est un lieu où attendre, m'enseignait-elle. Dans le calme d'une petite quantité de soleil et là on voit la poussière insonore tourbillonner comme si elle avait fait ça toute sa vie, c'est magnifique. Dans le tout petit clocher de l'église de Bois-d'Amont, elle avait porté à ma connaissance qu'une vingtaine de fées vivaient encore en Bretagne, moins de dix dans les Vosges, huit dans les Alpes et quatre-vingts dans le Jura, leur terre natale. Une bonne centaine au total pour la France. Médiévalement nous étions plusieurs millions, elle avait précisé. Et nous assumions à l'époque notre rôle premier, ce pour quoi nous existons : chanter les arbres. Mais là, elle n'avait pas voulu m'en dire plus, je t'expliquerai plus tard ce qu'est cette complexe cérémonie du chanter d'arbres. Au

XVe siècle, la fée vivait encore partout en France, en plaine comme en montagne. Puis le déboisement et la pollution visuelle et sonore, l'occupation de ses territoires l'ont cantonnée progressivement dans les massifs montagneux. Au milieu du XVIIe siècle, la fée disparaît de Bourgogne, du Limousin, de Lorraine, de Savoie, d'Alsace. À la fin du XIXe siècle, elle s'éteint en Auvergne, dans les Ardennes, en Provence et en Corse. Elle résiste un peu plus longtemps aux Antilles et dans les Alpes (une fée tuée dans un grenier en 1928 dans le Queyras). Dans les Pyrénées, la dernière capture authentifiée date de 1888 (Pyrénées-Orientales), un cirque allemand a acheté la fée et elle est morte en 1891 à Wroclaw, Silésie, Pologne lors d'une dernière tentative d'évasion. Ce serait trop long à expliquer, mais un monde qui ne chante plus les arbres, il va mourir.

La nuit, on parlait au lit. Elle s'inquiétait de l'aveuglement de l'humanité devant les souffrances de la nature. Cette dernière allait se rebeller comme l'annonçaient certains groupes d'activistes écologistes moqués par la plupart des gens. Une fois, elle m'a raconté ceci : la scène s'est produite au parc national Yellowstone, aux États-Unis. Une cinquantaine de touristes se sont approchés à environ cinq mètres d'un bison, le groupe restant là durant près de quinze minutes en produisant un bruit conséquent — rires cris interpellations — sans compter les gestes brusques, les selfies. Pendant tout ce temps, l'animal est resté calme. Puis, soudain, il a chargé. Melody Lessing, une fillette âgée de 8 ans originaire de Newport dans le Vermont n'a pas eu le temps de s'écarter et a été percutée très violemment par la bête puissante comme une automobile. L'enfant a volé dans les airs avant de retomber au sol. On peut voir la scène sur YouTube. La victime a été transportée aux urgences de l'hôpital Sylvie Jewell Woolf de Billings, Montana. Par miracle, elle s'en est sortie avec des blessures légères et a pu quitter l'hôpital rapidement. Il faut rester à plus de trente mètres de tous les grands animaux — les bisons, les élans, les mouflons d'Amérique, les cerfs, les coyotes — et à au moins cent mètres des ours, des fées et des loups ont tenu à rappeler les responsables du parc dans un communiqué repris par la presse. L'action du bison est à coup sûr l'expression de l'irritation de ce *Quelque Chose qui approche*, auquel l'humanité refuse de s'intéresser, mais il faudra bien faire face un jour à ce *Quelque Chose* (que l'on doit écrire avec des majuscules, car c'est une personne ou une assemblée de personnes, des esprits d'après ma fée si j'ai bien compris). Je la voyais parfois se mettre en colère. Cette histoire au zoo de Berlin par exemple. Un rhinocéros avait été tagué dernièrement. C'était une publicité pour une nouvelle marque de baskets. Elle avait rugi — et elle pleurait en même temps — maintenant ça tague les rhinocéros quand tu crois que l'humanité a touché le fond t'en trouves toujours avec une pelle qui creusent encore plus profond. Mais d'où tu te lèves un matin quand tu es publicitaire ou fabricant de smartphones 5G qui pourrissent tout avec leurs ondes ou de baskets rouges fluo merdiques vendues une fortune aux connards moyens en te disant tiens si j'allais au zoo taguer un rhinocéros ?

Et ils faisaient l'amour pour se consoler mutuellement de devoir vivre dans ce monde horrible qui ne changerait jamais à moins d'une catastrophe plus horrible encore. L'amour avec elle c'était de la lumière. La plupart des filles qu'il avait connues, ça prenait une heure pour ne pas démarrer puis une bonne demi-heure pour ne pas finir. Quel ennui. Avec elle, c'était comme de danser dans ses propres pensées, comme d'être dans un grenier.

Mais il se rend compte avec effroi qu'aujourd'hui la situation est grave. Quatre ans cinq mois vingt-et-un jours dix heures une poignée de minutes et de secondes de bonheur pour en arriver là.

Lui il dit ce n'est pas comme ça qu'on s'en sortira
Elle, si c'est comme ça que veux-tu que je fasse d'autre
Tu vois bien que ce n'est pas bon pour nous
Tu vois bien que je n'ai pas le choix

Et rien ne bouge, car ils sont indécis ils repoussent la séparation au plus loin que possible

Alors qu'est-ce qu'on fait ? il demande le lendemain
Le mieux serait de faire comme on a dit au départ tu savais que c'était la règle du jeu je ne t'avais rien caché j'en souffre autant que toi sinon plus
Non c'est moi qui t'aime le plus ma fée
Non c'est moi qui t'aime le plus mon humain

Je dois agir. Je dois te quitter elle dit.
Non je préfère ma solution je préfère partir là-bas avec toi là-bas dans la forêt il répond
Ta solution n'est pas une solution c'est plutôt un saut dans le vide, tu ne peux pas vivre comme nous les fées
Mais toi regarde tu vis bien comme moi
C'est pas pareil
Écoute je serai nettoyeur de piscines pour les belles résidences secondaires des citadins je trouverai une solution nous n'aurons plus de problèmes d'argent je tondrai leurs

pelouses je ferai le ménage après leurs fêtes ou bien je les cambriolerai pour aller plus vite
Non ce n'est pas une question d'argent tu le sais bien

Pas quoi faire en fait je ne sais pas quoi faire, il avoue au beau milieu de la nuit et il pleure soudain à chaudes larmes, car il comprend qu'elle doit retourner chez elle
Moi non plus en réalité je ne sais pas quoi faire elle murmure incapable de trouver le sommeil en regardant ses propres pieds comme si ces derniers pouvaient — eux — savoir quoi faire, sauraient l'emmener loin de tout ça (si possible avec lui)
Restons ensemble surtout restons ensemble il supplie
Je voudrais bien c'est ce que je souhaite de tout mon cœur tu le sais, mais je suis enceinte et je dois rentrer au Massacre mettre notre enfant au monde. Il sera fée. Tu es un être humain et seules les fées peuvent vivre là-bas tu mourrais en quelques jours si tu m'accompagnais tu n'imagines pas notre mode de vie auprès des bêtes dans les arbres et sous terre tandis que menacent les tronçonneuses et rugissent les quads écoute je dois partir je ne t'oublierai pas je ne veux pas que tu meures et notre enfant doit naître là-bas chez lui c'est comme ça c'est la marche du monde alors laisse-moi partir seule laisse-moi partir seule mon amour. Mon amour.

D'une aube crépusculaire
Philippe Maîtreau

« Demain, Petit garçon, nous rejoindrons la ville. »

Le soleil sombrera bientôt dans l'océan. Une brise saline fait onduler les stores, des rayons y percent encore d'une lumière adoucie. Sur le sol de béton poussiéreux, au long de la petite table semblable aux bureaux d'écoliers, nudité crue de plastique et de planches communes, du torse viril jusqu'au front sévère de l'homme enfin, les zébrures de sombre et de clair vibrent dans l'humidité piquante des tropiques. Le silence du moment existe peut-être seulement à l'intérieur de cette tête au cou légèrement incliné, dans une position de recueillement et d'attente concentrée. S'il lui prenait de se redresser — mais il ne le fera pas — il pourrait apprécier le contraste entre cette chambre sans vie et la luxuriance du dehors, observer le balancement indolent des bananiers et se projeter là-bas, en cet horizon de bleu et de rosé où le Pacifique rejoint le ciel. Mais l'ailleurs de notre homme est trop lointain pour s'embrasser du regard : il pense à l'avenir.

Pourvu de la force de désincarnation propre à sa race, lignage de dévouement, de sacrifices et non d'hérédité, comme on parle parfois de *race des seigneurs*, Paul possède le don d'évaporation. Tout son être est tendu vers plus grand que lui-même et, tel le désert liquide dont la petite île est ceinte, Paul s'élève en disparaissant. La gouttelette prend son volume de considérer les nuages ; ainsi pense-t-il moins à son futur qu'à celui de Petit garçon dont il imagine déjà le destin à deux milles kilomètres de là, sur une terre plus grande que cette pauvre excroissance perdue, ce nulle part à la touffeur urticante et dont l'existence sera toujours une amorce, une médiation, jamais une fin, une réelle destination. Longue de dix-neuf kilomètres à peine pour cinq de large, on dirait une place assiégée, sous la menace constante d'une révolte marine. Paul considère moins la beauté que la force. L'apparente phosphorescence des rivages cristallins que la lune caresse, le sol rocailleux, matrice de grottes suintantes dont le goutte-à-goutte se rêve jusqu'au centre de la Terre, les falaises coudées de criques où s'écrasent les forces de l'eau et de l'air puis, vers les flux et les reflux, un sable à l'usure éternelle, patiemment agrégé à tout comme à lui-même, dont la blancheur nacre les lagons, tout cela le touche, bien sûr ! Mais il n'oublie pas le manque d'envergure de l'atoll. Il est de ceux où l'on exile les grands hommes. Petit garçon sera bientôt trop grand pour lui.

Sa bouche n'est qu'une fente. L'annonce de la trentaine sourde à peine aux plis de ses yeux sombres, aux commissures des lèvres absentes. Au relevé du nez encore, entre les sourcils broussailleux, une ride pincée semble rappeler combien l'existence est sérieuse et comme, dans sa part infime, notre rôle s'y considère avec gravité. La mâchoire finement dessinée raccorde un menton volontaire et saillant, toujours un pas en avant, rasé de près. Paul incarne le fameux paradoxe tragique : il a choisi son destin. S'il est né d'une femme, c'est d'une histoire qu'il a surgi et il est porté mieux qu'avec ses jambes par une tradition faite, comme souvent les traditions, de monceaux de cadavres. Ceux-là ont payé le prix de la sueur et du sang pour s'élever vers l'idéal. Accompagné de Petit garçon, Paul suit leurs traces. Elles se prolongent deux mille kilomètres dans son dos, là où le soleil se lève.

Depuis un an bientôt, le jeune homme n'a pas ménagé ses efforts. Les préparatifs avaient été longs et le secret du départ, un aspect capital. Il avait dû certains soirs glisser comme une ombre. Suivant la stricte hiérarchie de ses principes, soutenu par la composition sérieuse et calme que chacun lui connaît, il avait su articuler avec conviction quelques mensonges indispensables et obtenir de canaux parallèles parfois, en mobilisant çà et là ses contacts continentaux, le matériel nécessaire. Un peu plus tôt, il aura pris une ultime décision : sa mère, cette femme solide et si résolument confiante dans les capacités de son fils, les accompagnerait. Et maintenant, aux derniers cris des oiseaux fous dans le noir renaissant, tout est bien prêt. Pour s'en assurer il détaille une dernière fois, de mouvements de bouche silencieux, la liste des tâches effectuées, les examinant une à une avec minutie, par ordre chronologique puis encore par importance, pour les écarter méthodiquement. Son esprit consciencieux répétait chaque jour cet exercice, à la recherche d'une faille qui pourrait détourner le cours pourtant imperturbable du destin. Mais non, tout est bien prêt ; quelques heures de sommeil plus tard, l'avion les attendra sous la nuit calme. Les estimations météo ne se sont pas trompées, elle promet d'être magnifique : il n'y a pas un nuage à l'horizon. Tandis qu'il s'imagine partir, Paul se laisse aller, un unique et bref instant, à l'idée qu'il ne reviendra peut-être jamais.

Puis il se lève dans un cortège de gestes à la lenteur solennelle, rejoint son lit et s'endort rapidement. Son sommeil a la profondeur des justes.

Filant dans l'azur, la mère soutient Petit garçon encore endormi. Paul est installé à l'avant et regarde défiler le Pacifique monotone. À des milliers de pieds de hauteur, sa surface semble solide et plane en cette heure où les étoiles pâlissent, laissant place à une aube que rien, sinon une affaire d'orientation, de point de vue, ne distingue d'un crépuscule. Sans doute le début des uns est-il la fin des autres, sur la terre comme au ciel. L'île frêle est restée à sa toute petite place. Sur elle, les huttes traditionnelles des Chamorros sont encore assoupies. Des corps indigènes se lèveront bientôt, civilisation millénaire enchevêtrée aux racines des bananiers, déformée, brutalisée par des siècles de déportation et d'asservissement coloniaux, européens d'abord, puis asiatiques et américains. Cette société aura payé d'une autre façon le prix sanglant de la tradition, dans l'entrechoc tectonique de plaques géopolitiques. Elle était pourtant restée pacifique — mais sur l'océan du même nom, rien ne demeure éternellement lisse.

Le voilà d'ailleurs qui reprend vie. Quelques rides seulement, aux reliefs sublimés du jour naissant. Dans une heure, deux peut-être, on verra des nuées d'oiseaux dessiner en nombre leurs ballets dans les airs : la côte de l'archipel sera proche et à sa suite, bordée d'embouchures veineuses, la ville apparaîtra. Elle se réveille à peine, hors de notre vue. Nous y percevrions quelques lumières aux fenêtres comme des promesses, des odeurs filer de sous les portes pour embaumer les cuvettes des rues, des mouvements s'animer. Des premiers regards sans doute, tournés vers l'aurore. Personne ne la confond avec un crépuscule. Petit garçon, Paul et sa mère seront bientôt là.

Les lèvres absentes dessinent un imperceptible sourire. S'il avait suivi l'autre tradition, celle du sang direct, Paul aurait été médecin. Son père, qui n'avait pourtant pas rejoint la profession, rêvait de le voir embrasser le noble métier de soins et d'attentions auquel son grand-père, et ses ancêtres avant lui, avaient consacré leurs forces. Il voulait le voir sauver des vies. Au fond, quoiqu'à une autre échelle, n'est-il pas en train de réaliser son souhait ? N'en déplaise à Hippocrate, lui aussi avait prêté serment. Leur départ à tous les trois apportait la réponse froidement pragmatique, rationnelle en somme, à une question de survie.

Et puis le sourire devient crispation. Une dernière fois, à la cadence d'un rythme militaire, il égrène le reste-à-faire derrière la pince de son nez. Paul a peur, mais, comme chaque fois que ce sentiment l'encombre, il entend sa mère lui dire « *You'll be alright* » et le réconfort de cette phrase familière le ramène à cette composition sérieuse et calme que chacun lui connaît. Petit garçon, l'océan qui s'en va, l'archipel sous lui, le petit atoll même, au fond, ahuri dans ses eaux qui le dévoreront un jour, tout est si grand et Paul est si petit, mais il a la juste et exacte taille du rouage qui, bien huilé, saura faire avancer la marche du monde. Les ordres s'enchaînent, la ville se dresse moins qu'à l'horizon, ils la survolent presque. Un dernier geste enfin et le ventre de sa mère s'ouvre dans l'air bientôt contracté du matin : Petit garçon s'élance à presque dix mille pieds de haut.

Le 6 août 1945 à huit heures et quart du matin, le lieutenant-colonel Paul Tibbets et son équipe larguent sur Hiroshima la bombe « Little Boy » depuis le Bombardier B-29 baptisé la veille du nom de sa mère, « Enola Gay » ; selon les estimations, la bombe aurait fait entre 70 000 et 140 000 morts. Des décomptes incluant les conséquences à long terme de l'impact vont jusqu'à 250 000 morts.

Dans un entretien donné en 1975, Paul Tibbets déclara : « Je suis fier d'avoir été capable de partir avec rien, de planifier et de voir le tout parfaitement fonctionner... Je dors bien toutes les nuits. »

L'escarmouche
Karl Baltazart

Cela faisait déjà une demi-heure que les deux armées se faisaient face et jaugeaient leur force. Aucun des deux bataillons ne semblait vouloir engager le combat. Il s'agissait en effet d'une bataille décisive, à un tel point que les souverains de chaque camp s'étaient mutuellement rendus sur place pour assister au combat. Les seigneurs ventripotents, juchés sur leur palanquin aux côtés de leur épouse, s'accompagnaient de tout un attirail de porteurs et de flabellifères. Ces derniers semblaient animés par une sorte d'algorithme qui rendait leurs mouvements ralentis, répétitifs et prévisibles. Cela donnait l'illusion que tous les serviteurs étaient dépourvus de la substance leur permettant d'avoir un quelconque raisonnement logique. Tous, sauf un. Un dont la conscience ne s'était pas encore évaporée par les pores de son enveloppe charnelle. À mesure que les axiomes de sa pensée se rassemblaient, les lettres composant les mots de sa question se matérialisaient dans son esprit.
— Oh, mon roi. Pourquoi sommes-nous ici au juste ?
Cette seule phrase semblait témoigner d'un effort cognitif intense. Plus interloqué par la soudaine rupture du silence que par la question en elle-même, le monarque tourna lentement la tête.
— Plaît-il ? Qui es-tu ?
— Pino. Écuyer Pino, mon Seigneur.
Après avoir dodeliné de la tête avec lassitude, comme pour examiner son interlocuteur, le visage du roi reprit son positionnement initial.

— Vois-tu, certains chefs de guerre recherchent la gloire, l'argent ou de nouvelles terres à occuper. Toutes ces raisons sont plus honorables les unes que les autres, mais aucune ne détient la valeur que renferme ma propre conviction.

L'écuyer Pino ne se considérait pas comme le plus idiot des hommes, mais se savait également loin du plus brillant. Il ne comprenait donc pas pourquoi son maître s'adressait à lui par des tournures de phrases énigmatiques.

— Mon Seigneur, puis-je oser vous demander quels desseins renferme votre esprit divin ?

Le monarque se mit alors à toiser fixement son subordonné avant d'asséner :

— Ces gens sont noirs et nous sommes blancs. Cet état de fait constitue une raison suffisante pour justifier leur éradication totale.

À ce moment précis, les cors adverses se mirent à résonner. La lugubre mélodie parvint aux oreilles de Pino et de son chef.

— Nous n'allons pas les laisser nous prendre de vitesse. Détachez le régiment de cavalerie ! beugla le roi.

Il ne fallut pas longtemps pour commencer à entendre les battements, sourds et réguliers, des sabots sur le sol. La cavalerie rutilante et vêtue des plus beaux écussons de la famille royale se mit à jaillir de derrière les lignes du camp de Pino. Elle engagea le combat dans un vacarme assourdissant, mêlant tintement du métal et hennissement des équidés en furie.

— Regarde, Pino. Devant toi se dresse l'élite de mes soldats. Entends-tu sonner la dernière heure de nos ennemis ?

La cavalerie avait atteint les lignes adverses en suivant une trajectoire alambiquée témoignant d'une stratégie militaire élaborée. L'ennemi attendait malheureusement de pied ferme et semblait avoir anticipé la manœuvre. Les cavaliers se firent d'abord encercler puis empaler par les lances des piquiers situés en avant-garde. C'était un véritable massacre. Le sang des hommes et des chevaux se mêla à la terre retournée par les fers, quelques instants plus tôt.

— Co... comment est-ce possible ?

Le monarque s'était levé de son trône, les yeux embués de larmes.

— L'élite de mes soldats, l'élite de mon peuple, rayé de la carte en seulement quelques secondes ?

Les poings du roi se crispèrent, les veines de ses avant-bras semblaient prêtes à exploser.

— Je ne pensais pas à devoir en arriver là. Pas si tôt en tout cas. Nous allons devoir créer une diversion.

Le roi avait pour idée de se positionner en arrière-garde, à la place de son artillerie. Cette dernière pourrait alors profiter d'un point de vue idéal pour bombarder les lignes ennemies. Ce plan nécessitait d'agir vite, avant que l'armée adverse n'engage le combat à son tour. Ni une ni deux, le couple royal et sa troupe s'agitèrent en direction du bord du plateau. Sur le chemin, Pino croisa une gigantesque montagne de bois, montée sur quatre roues, chacune faisant la taille d'un homme. L'énorme construction était tractée par des dizaines de soldats, tirant une corde pour la faire avancer. Elle était constituée de plusieurs étages, au moins trois, chacun percé par deux meurtrières assez larges pour laisser passer un canon.

— Impressionnant, n'est-ce pas ? s'enorgueillit le monarque. Il s'agit de la dernière invention de nos savants. La tireuse ouverte unilatérale et rotative. C'est un bijou technologique permettant d'actionner plusieurs canons simultanément.

Au loin, les cris des soldats adverses commençaient à être perceptibles. L'ennemi avait lancé l'assaut.

— Hâtez-vous, bon Dieu, hâtez-vous !

L'obèse personnage se contorsionnait sur son siège à la manière d'un ver piqué sur un hameçon, ne facilitant pas la tâche des porteurs accablés. Fort heureusement, la machine lanceuse d'obus avait atteint le positionnement prévu dans les temps. Les artilleurs superposés se mirent alors à enclencher la mise à feu de leur canon respectif, et c'était maintenant une dizaine de boulets incandescents qui s'abattaient sur les lignes ennemies. Les malheureux se trouvant sur le passage des projectiles furent réduits en bouillie par la puissance délivrée. On voyait maintenant apparaître des centaines de tranchées rectilignes, creusées par les retombées des obus.

— Ha ha ha ! Ces scélérats obtiennent ce qu'ils ont mérité ! BOUM ! Encore, encore !

Le roi potelé s'agitait et jubilait sur son siège à la manière d'un enfant s'extasiant devant un spectacle de marionnettes. Tous ses sens se focalisaient sur la scène sordide. Des effluves de sang jaillissant à l'odeur de la chair brûlée se mélangeaient les bruits d'explosion toujours plus intenses. Le monarque était tellement captivé qu'il ne sentit pas le danger venir. Dans son angle mort, une flèche venait d'être décochée. Elle filait maintenant à toute allure et termina sa trajectoire dans la jugulaire du souverain. Ce dernier s'effondra au sol puis le temps se figea. Les explosions cessèrent, les hommes ne combattaient plus. Le temps d'un instant, tous les soldats de chaque camp observaient le roi qui venait d'être touché. Pino tourna la tête en diagonale, dans la direction du tir, et remarqua un étrange individu noir, bondissant comme un cabri, vêtu d'un couvre-chef surmonté par des grelots. Dans sa main, il y avait un arc et

l'on devinait les contours d'un carquois dans son dos. Il riait effrontément, au nez et à la barbe de la garde royale, tout en sautillant sur place. Ensuite, il y eut comme un miracle. Le roi, pourtant mortellement atteint, se releva lentement. Il extirpa la flèche de son corps et déclara laconiquement :
— Joli coup.
Ces simples mots suffirent aux deux armées pour se remettre à combattre avec une ferveur exacerbée.
— Il va falloir que nous changions de stratégie si nous voulons gagner, maugréa le souverain.
Pino fixait son monarque avec les yeux écarquillés. Son chef venait de ressusciter et personne ne semblait prêter attention à ce détail. Pas même le roi. L'écuyer imaginait à présent que cette protection contre la mort constituait l'apanage des dieux.

Soudain, la femme du roi, qui depuis le début de la bataille n'avait ni prêté un geste ou un mot, se leva brusquement du palanquin.
— Que fais-tu ma reine ? prononça le roi.
Il s'adressait à sa femme, mais c'était comme s'il parlait à un mur. Machinalement, elle s'arrêta au niveau de l'un des soldats et se saisit de son épée. Elle l'examina un moment, la mania comme pour s'assurer qu'elle faisait le bon poids, puis fonça en direction des lignes ennemies.
— Non ! Ne pars pas ! Tu es bien trop précieuse. Je t'en prie, reviens !
Mais la souveraine était déjà loin, et il ne restait au roi que la constatation de son impuissance pour la retenir. La femme commença par prendre en chasse l'intrigant individu bondissant. Il était rapide, mais elle le rattrapa aisément et le pourfendit de son estoc. Cependant, la poursuite l'avait entraînée loin derrière les lignes ennemies et comme ses

cavaliers quelques minutes plus tôt, la reine se retrouva encerclée. Ce que vit Pino par la suite était encore plus incroyable qu'une résurrection. Sa reine se mit à tourbillonner dans les airs comme une toupie, entaillant les membres de ses adversaires. Pino était subjugué par cette chorégraphie macabre qui était rythmée par le battement des têtes roulantes sur le sol. Les ennemis continuaient d'affluer par dizaine, mais la dame restait focalisée sur son objectif : réduire en miettes ses opposants.

Malheureusement, la tournure du combat n'allait pas en faveur du camp de Pino, maintenant en infériorité numérique. De plus en plus d'ennemis attaquaient la reine qui résistait tant bien que mal à la fureur des assauts.

— Mon amour, reviens ! pleurnichait le roi. Cela suffit, tu en as assez fait.

Mais la reine ne pouvait plus revenir à présent, car le chemin du retour était trop encombré. Alors le roi prit conscience que ce combat contenait maintenant deux issues : la mort de l'ennemi ou celle de sa bien-aimée. Il n'y avait rien d'autre.

— Tiens bon, ma reine, je vole à ton secours !

À ces mots, le roi et ses domestiques commencèrent à s'agiter et à se diriger vers la reine. Mais il était déjà trop tard pour se mettre en route. La dernière chose que vit le roi avant de perdre la raison était celle d'un cavalier noir empalant sa femme de toute la longueur de son sabre. Quand le seigneur arriva sur le lieu où se trouvait le corps de la reine, les troupes ennemies venaient de se replier. Le pauvre homme s'agenouilla près du cadavre encore chaud et se mit à sangloter. Il se mit alors à toucher une dernière fois le visage de celle qu'il aimait. Sa main passa dans ses cheveux, caressa ses joues, son cou. Autour de ce dernier se trouvait un pendentif que le roi décida de récupérer. La

scène dura quelques minutes, au terme desquelles il se résigna à repartir afin de s'adresser à son fidèle écuyer :
— Pino, mon cher Pino, articula-t-il entre deux sanglots. Il reste un moyen de la sauver. Je veux que tu emportes ce médaillon et que tu coures aussi vite que tes jambes le peuvent. Je veux que tu ailles là-bas, derrière les lignes ennemies. Tu rencontreras Dieu et tu lui offriras ce collier. En échange, il rendra la vie de ma femme. Je le sais. Quant à moi, je te couvrirai d'or quand nous rentrerons, j'en fais le serment.
L'écuyer comprenait l'importance capitale de sa mission. Tout devenait clair à présent. C'était comme si tous les futurs potentiels mis en jeu dès sa naissance convergeaient vers un unique point. Sa piètre existence se résumait à la transmission d'un médaillon. Sans réfléchir davantage, Pino se mit à courir dans les tranchées façonnées par les projectiles des canons. Il n'avait jamais été très bon sprinter, mais il se sentait à présent capable de battre une panthère à la course. Même si le camp adverse gagnait la bataille, de nombreuses pertes étaient à déplorer dans chaque camp et l'écuyer profitait des larges brèches présentes sur le champ de bataille pour gagner les lignes arrière.

Soudain, Pino s'arrêta. Devant lui, une démarcation rectiligne surplombée par un voile opaque se matérialisait sous ses yeux. Cette apparition contrastait fortement avec le champ de bataille que l'écuyer venait de laisser derrière lui. Aucun bruit n'émanait non plus de l'étrange structure. D'abord hésitant, Pino tenta de passer une main à travers le voile. Il ne se passa rien. Alors, prenant une bonne inspiration, son courage à deux mains et le médaillon au creux de l'une d'elles, il énonça solennellement :
— Pour le roi.

Et disparut dans les ténèbres.

Quand Pino reprit conscience, son roi tenait en respect du bout de sa lame ce qui semblait être le chef de guerre adverse. La scène se déroulait à quelques pas de là. Quand le roi aperçut Pino, son regard s'illumina :
— Je le savais, tu es là ! Ma reine, tu es revenue ! Gloire à Dieu et à son omnipotence !
Pino était interloqué. Au contraire, sa mission s'était soldée par un échec : il n'y avait pas la moindre trace de la reine à l'horizon. De son point de vue en tout cas. Pino porta ses mains dans son champ de vision et remarqua qu'elles étaient plus fines et plus graciles que d'habitude. En le tâtant, l'écuyer s'aperçut également que son crâne était recouvert par une longue chevelure soyeuse, surmontée par une couronne. Ses habits de cuir s'étaient volatilisés et avaient laissé la place à une robe d'une blancheur immaculée.
— Ma chère et tendre, laissez-moi vous étreindre, je suis si heureux ! Si reconnaissant envers Dieu tout-puissant !
Pino était paralysé. Il ne réagit pas quand le roi arriva à sa hauteur et commença à sentir ses effluves. Il ne résista pas non plus quand sa langue trouva les interstices de ses lèvres. Un éclair apparut soudain et foudroya le roi noir qui trépassa sur le coup.

Dans un plan d'existence supérieur, deux joueurs se serraient la main et se congratulaient.
— C'était une belle partie, Kasparov. Un baiser de la mort. Voilà une bien belle manière d'en finir ! Prends garde cependant. La prochaine fois, je te battrai avec les noirs.
— Remettons ça quand tu le désires, Carlsen. En attendant, tu restes échec et mat.

It's a kind of magic
Chouteau Guillaume

Elle quittait l'inauguration du nouveau musée d'art moderne de Londres et constata qu'elle était contrariée. Rien à voir cependant avec l'interruption d'un de ces interminables événements mondains. C'était plutôt un soulagement d'échapper à cette détestable soirée. Il s'y côtoyait pêle-mêle, la vieille noblesse usée à la recherche de son lustre perdu, les nouveaux arrivés aux dents longues du show-business qui transpiraient le foutre et la cocaïne bon marché et les affairistes de tout poil qui avaient fait fortune sur le dos d'une population thatchérisée. Un véritable panier de crabes.

Elle soupira tandis que la voiture franchissait sans encombre un barrage de police. Bien qu'elle l'admette de mauvaise grâce, c'est surtout l'aristocratie qui l'avait mise hors d'elle. Elle savait pourtant depuis belle lurette que les titres et les couronnes ne conservaient un peu de leur standing que grâce à ces orgies de "people". Évidemment, elle connaissait suffisamment ses pairs pour savoir que cela ne leur plaisait pas. Au fond d'eux-mêmes, ils ne rêvaient que d'une chose. Ils rêvaient que le plus riche des marchands leur cire à nouveau les bottes comme au temps jadis. Rien ne faisait davantage cauchemarder un noble que cette idée qu'il ne devait sa survie qu'au nombre de tabloïds qui relateraient ses péripéties de la veille. Se retrouver à la merci du petit peuple et de ses achats de journaux à scandale, c'était l'insulte suprême. La survie était néanmoins à ce prix. Photos arrangées, procès pour atteinte à la vie privée, tous ou presque avaient étouffé leur dérangeante fierté à grands coups de livres sterling. Heureusement, la reine mère ne rentrait pas dans cette catégorie. Elle était l'une de ces institutions dont l'Angleterre ne pouvait se passer sans y perdre une part importante de son identité. De fait, elle jouissait d'une relative sérénité, mais, que ses cousins se ruent sur les flashs comme les abeilles sur un pot de miel l'avait rendue d'humeur assassine. Elle aurait volontiers passé tout ce petit monde à la moulinette séance tenante.

La grande limousine aux armoiries royales ralentit peu à peu sur le goudron rendu humide par le crachin de mars. Elle resserra machinalement le col en zibeline de son manteau. Le contact de la fourrure la réchauffa.

Un simple coup d'œil à travers la vitre blindée lui suffit à reconnaître l'endroit. La véritable entrée se trouvait trois maisons plus loin. Elle n'était venue ici qu'une seule fois au cours de son règne, mais elle se souvenait de tout comme si c'était hier. Pourtant, quarante années séparaient ces deux moments à la manière d'un fleuve immense et sombre. Walter, l'homme à tout faire de la couronne, l'avait conduite dans la crypte deux jours après sa montée sur le trône. C'était la dernière volonté de feu son père et Walter, en serviteur zélé, lui avait obéi une ultime fois. Depuis il était devenu son ombre à elle. Une ombre discrète. Si discrète que peu de gens auraient été en mesure de le décrire si on le leur avait demandé. Les ombres sont capables de se transformer à chaque instant. Elles changent pour mieux accompagner ce qui est dans la lumière. Walter partageait cette nature. Il pouvait être tantôt garde du corps, tantôt béquille ou confident, parfois chauffeur. Il était surtout le seul détenteur, hormis elle, du secret pour lequel on avait interrompu sa soirée.

Les freins crissèrent un peu et le véhicule stoppa définitivement sa course. La petite vitre teintée intérieure descendit doucement accompagnée de son petit ronronnement électrique. Lorsqu'elle eut complètement disparu, une phrase unique emplit l'habitacle comme un lourd tocsin.
— Nous y sommes Madame.

Elle réprima un frisson. Il y avait quelque chose de funèbre dans cette phrase. Dans l'air confiné de la limousine, elle avait sonné comme une sentence.
— Merci Walt. Je vais descendre.

En quelques secondes, Walter fut à sa porte pour l'aider à sortir. D'une main experte, il la fit se lever tandis que de l'autre il ouvrait un parapluie pour la protéger. La pluie fine faisait paraître encore plus froid ce soir d'hiver. Leurs haleines firent s'élever de petits nuages blancs qui se rejoignirent, mais renoncèrent à se mélanger. Même leurs souffles savaient quelle était leur place.

Un homme moustachu se rapprocha d'eux d'une démarche raide. Il paraissait transi. Sa tête était engoncée jusqu'au ridicule dans son imperméable.
— Bonsoir votre Majesté, dit-il en inclinant tout le buste. D'un geste impatient de la main, elle lui fit signe de poursuivre.
— Bien. Le périmètre a été entièrement sécurisé et personne ne peut franchir les limites du pâté de maisons. Nous avons mis au secret l'équipe d'archéologues comme vous nous l'aviez demandé et tous les membres de mon équipe ont reçu l'ordre express de ne pas mettre les pieds dans le reste du souterrain.

Tandis que l'homme lui parlait, ils avaient tous les trois commencé à franchir les quelques mètres qui les séparaient du chantier de fouille. Le moustachu, elle avait fouillé en vain sa mémoire pour se souvenir de son nom, décrocha le ruban de plastique qui interdisait à quiconque alentour de le franchir sous peine de poursuites. L'endroit était éclairé en partie par les réverbères de la rue voisine et des projecteurs de fortune renforçaient la luminosité. De vieilles demeures bourgeoises ceinturaient le tout. Elles donnaient la sensation d'être des géantes. Mais des géantes décapitées. Les gardiennes de pierres et de vitres montaient si haut qu'elles perdaient leurs têtes dans la nuit. Tant mieux. Il était inutile d'attirer leur attention. Le plus petit de leur souffle devait suffire à vous projeter au-delà des clochers de Westminster.

Elle détourna son attention des gigantesques gargouilles. Sur plusieurs centaines de mètres carrés, tout un fatras d'outils jonchait le sol rendu boueux par la pluie. Quelques grandes tentes protégeaient de l'humidité les parcelles de terrain sur lesquelles devaient travailler jusqu'à peu les archéologues. Elle songea que le hasard avait parfois la manie de rendre les situations curieuses. Elle venait d'inaugurer un musée d'art et dans le même temps, elle fermait un site de recherches pour lequel n'importe quel historien aurait vendu son âme au diable. Il avait fallu qu'un promoteur immobilier veuille construire un grand magasin pour qu'une cohorte de protecteurs du patrimoine se réveillent et entament des fouilles dans le riche sous-sol de la capitale. Dans leur enthousiasme tardif, ils avaient creusé plus que de raison et avaient mis au jour un des murs du souterrain. En l'ouvrant, ils avaient mis en route une alarme qui ne s'était jamais déclenchée auparavant. Celle-ci avait alerté aussitôt l'équipe de confiance choisie par ses soins au sein des effectifs du Metropolitan Police Service. La couronne possédait encore quelques privilèges non négligeables. Les Bobbies qui étaient intervenus ne savaient rien de ce qu'ils protégeaient, mais ils l'avaient fait avec une célérité qui l'avait grandement rassurée.

— C'est sous la tente principale !

Elle ne se donna pas la peine de regarder le moustachu à l'imperméable trempé et Walter le congédia aussitôt. Qu'il était agréable d'avoir à son service une personne qui devinait aisément vos désirs. En fait, il lui aurait été presque impossible de se passer de ses services après tant d'années. Elle sourit en pensant que, toute reine qu'elle était, elle souffrait d'une Walter dépendance aiguë. Il lui tendit son bras et elle s'appuya dessus pour franchir les quelques planches posées à même le sol qui traçaient un chemin brinquebalant jusqu'à la plus grande des tentes. Ses vieilles jambes commençaient à lui jouer des tours parfois et elle n'avait jamais pratiqué le cross country, aussi fut-elle satisfaite d'arriver sans encombre jusqu'à l'abri de toile.

Une angoisse mêlée d'une certaine excitation la gagna devant la grande excavation qui s'offrait à leurs regards. Toutes ces années sous terre avaient-elles terni son éclat, teinté de gris son aura ? Serait-"elle" tout simplement encore là ? Elle se sentit stupide tout à coup. Comment quelqu'un aurait pu s'introduire ici et repartir en toute impunité ? Il s'agissait sans doute de l'endroit le plus secret et le mieux gardé de tout le pays. Cependant qu'elle se réprimandait en silence, Walter s'était saisi d'une puissante lampe de chantier, sans doute laissée là à leur intention. Il se mit à éclairer le gouffre. Le faisceau de photons trancha l'obscurité et révéla un escalier de fortune en bois qui courait jusqu'à un très ancien mur dix mètres plus bas. La construction avait été forcée. Un étroit passage permettait à une personne d'une corpulence moyenne de s'y faufiler. Cela ne poserait aucun problème pour eux deux. Elle remercia le ciel que Walter ne soit pas fait dans le même moule que ces gardes du corps modernes qui préféraient l'haltérophilie à la subtilité. Prudemment, ils descendirent les marches en bois brut et arrivèrent jusqu'à la faille. Ils la franchirent tour à tour et se retrouvèrent au milieu d'un large tunnel pavé. Le mouvement de la torche laissait entrevoir un riche décor. Il devait y avoir un interrupteur. Elle avait fait poser l'électricité à Walter dès le lendemain de sa première visite. Le monde moderne ne possédait pas que des inconvénients, pensa-t-elle tandis que son homme de confiance s'était mis à chercher.

Soudain, tout s'éclaira.

Elle en eut le souffle coupé. Rien n'avait changé. Tout était là. Tableaux au cadre doré à l'or fin, statues chryséléphantines, bustes incrustés de rubis et de topazes, hallebardes subtilement damasquinées. Des siècles d'hommages rendus par les rois et les reines qui l'avaient précédée. Alignés le long des murs. À perte de vue. Tous ces trésors se succédaient dans une surenchère de magnificence. Toutes les têtes couronnées avaient voulu figurer dans ce panthéon ultime qui menait à la prisonnière. Par un effort de volonté, elle réussit à s'arracher à sa contemplation. Elle n'avait pas l'intention de visiter un autre musée aujourd'hui et surtout pas d'histoire. Elle la connaissait. Toujours soutenue par Walter, elle se mit en route. Mieux valait ne pas traîner. Le souterrain était long.

En chemin, elle jeta malgré elle quelques coups d'œil. Elle reconnut certains de ses ancêtres. Leurs visages peints ou sculptés semblaient se disputer son attention. Les plus illustres réussirent. La reine "vierge" Élizabeth 1re. Marie Tudor, plus connue sous son disgracieux surnom populaire, Marie "La Sanglante". Leurs énormes tableaux, craquelés et jaunissants, jetèrent des regards de vampire sur ses talons et lui firent presser le pas. Ces yeux de peinture usée la rendaient mal à l'aise. Tout en serrant un peu trop le bras de Walter, elle se souvint d'un de ses cauchemars récurrents d'enfance. La nuit, ces deux-là l'accueillaient avec faste dans un palais. Elles l'installaient sur le trône en dansant et en riant, mais bien vite, elles se changeaient en harpies. Les horribles créatures fondaient alors sur elle pour la déchiqueter. Aujourd'hui encore un peu de ces peurs de petite fille perduraient. Elle frissonna.

Plus loin, remontant le temps, apparurent "Cœur de Lion" et "Le Conquérant". Ils rivalisaient de faste guerrier. Leurs boucliers et armures réussissaient l'exploit de renvoyer un peu de la lumière crue des ampoules malgré l'épaisse couche de poussière qui les recouvrait. Un sourire glacé la saisit. Quelle immense hypocrisie que tout cela. Tous autant qu'ils étaient, et elle aussi, n'avaient été que des gardes-chiourmes, des cerbères protégeant la porte de ce qui aurait été leur enfer si "elle" avait été découverte.

Le sol droit lui permettait de continuer seule désormais et elle s'émancipa du bras de Walter. Elle poursuivit sa marche à rebours, reprenant le décompte des têtes couronnées. Harold Premier, Knud "Le Grand", Edmond Deux, Sven Tveskaeg, dit à "la Barbe fourchue", également roi du Danemark. Celui-là n'avait régné que cinq semaines sur la grande île et de sa statue de basalte sombre irradiait encore un peu de sauvagerie viking. Probablement assassiné par Elthered "Le Malavisé", il avait cependant gardé sa place ici. Tous avaient fait fi de leurs querelles, de leurs complots et des meurtres pour paraître en cet endroit. Même les changements de régime plus récents n'avaient rien changé au décor. Le tunnel et son trésor imposaient une trêve éternelle. C'est ainsi que des bourreaux côtoyaient des hommes de bien.

Elle avançait toujours.

Le marbre du buste d'Edgar "Le Pacifique" apparut. Père d'Édouard "Le Martyr", il fut reconnu comme saint par l'église. L'ancienne présence semblait amener un peu de chaleur, mais c'était une chaleur illusoire. Elle secoua doucement sa vieille tête, chassant ce faux réconfort tel un insecte ennuyeux. Elle savait que l'histoire imposait souvent des vérités éloignées de la réalité. Edgar avait été roi pendant seize années et pour asseoir sa position, il avait fait assassiner un certain nombre d'opposants. Son auréole posthume n'y changeait rien. Comme les autres, il ne restait de lui qu'un humide vestige, gardien de la seule magie véritable de ce monde.

Elle s'entendit souffler fort, mais il était trop tard pour une pause. Elle était presque arrivée. Au bout de ce qui lui parut équivaloir à deux cents yards, les portes se dessinèrent enfin. Il était temps. Ses vieilles jambes tremblaient. Cette marche silencieuse l'avait fatiguée plus qu'il n'aurait été raisonnable. Ou alors n'était-ce que de l'appréhension ? Elle n'aurait su le dire. Elle leva les yeux. Deux ventaux énormes en bronze luisaient. Ils lui barraient le chemin de toute leur imposante stature. Des motifs complexes, dont le sens s'était perdu dans le temps, s'entrelaçaient sur toute la hauteur. Pas d'autres inscriptions. Il n'y en avait pas besoin.

"Elle" était juste derrière.

Elle savait cela, mais en dépit de toute cette certitude, elle tenait à vérifier. Pour se rassurer. Peut-être pour la contempler une dernière fois. Elle ne savait plus trop. Sentant sa perplexité, Walter s'était arrêté à distance respectueuse, ne s'immisçant pas dans ce qu'il savait être un moment difficile. Elle finit par prendre conscience de sa présence derrière elle et lui fit comprendre qu'elle était prête. Il se rapprocha et saisit les deux lourdes poignées qu'il commença à tirer de toute sa force. Après un léger craquement, les ventaux commencèrent à jouer lentement dans leurs gonds. Ils s'ouvraient.

Et soudain la lumière fut.

Cependant, cela n'avait rien à voir avec une lumière chrétienne. C'était une lumière païenne. Une lumière amoureuse de la vie. Une lumière chantante et multicolore qui emplissait le cœur et l'espace et vous faisait sentir plus légère que la plus légère des plumes. C'était une déflagration. Une cascade. Une escapade au plus fort du plus magnifique des printemps. Des parfums d'épices et de caramel vous enivraient et des courants d'air tièdes caressaient votre peau comme la plus rare des étoffes. C'était une volupté de papillon, un spasme, une sublime palpitation. Elle ressentit violement l'appel de la chair dans son ventre qu'elle croyait sec et ses seins durcirent d'une jeunesse ressuscitée.

Et puis tout cessa brusquement.

Comme la première fois qu'elle était venue.

Le scénario se répétait. Elle avait été jugée. Elle avait été jaugée et n'avait pas réussi son examen de passage. La prisonnière l'avait rejetée. Encore. Elle s'agenouilla, tremblant de la tête aux pieds. Elle n'avait pas besoin de la regarder. L'arrogante trônait toujours dans son socle de pierre et de sa lame pulsait toujours une magie qui jamais ne serait sienne. Mais elle savait tout cela. Elle le savait aussi bien qu'au premier jour et ses prédécesseurs l'avaient su eux aussi. Eux qui tous, les uns après les autres, avaient jeté leurs regards gourmands sur celle qui aurait pu faire d'eux des rois légitimes. Comme elle, tous avaient été rejetés. Comme elle, tous étaient restés à la tête du royaume. Qu'un inconnu, peut-être issu du ruisseau, soit désigné à leur place était inconcevable. Le pouvoir est une chose dont on ne se défait pas si on peut l'éviter. Il est bien trop doux pour cela. Bien trop doux.

Elle ferma les yeux, tentant de chasser l'image de la lame si pure et du pommeau aux courbes si gracieuses qui s'accrochait à elle. Elle réalisa qu'on l'aidait à se relever.

— Merci Walter... Refermez la porte, je vous prie... Walter ? Soyez aimable. Veillez personnellement à ce que toutes les issues soient scellées définitivement et vous ferez en sorte que ce promoteur puisse reprendre les travaux dès demain. Excalibur ne doit jamais réapparaître !

Les yeux toujours fermés, elle entendit les portes se refermer. Elle inspira profondément afin de regonfler sa maigre carcasse et se retourna vers la sortie.

— Ha et puis vous me ramènerez à cette horrible soirée. Il y a des gens qui souhaitent encore voir leur reine, non ?!

Il n'y aura pas de saint Zénobin
Marie Derley

Zénobin était un homme simple, jovial et de fortes proportions qui se levait à cinq heures chaque matin pour remplir sa mission de facteur, le torse barré par la large bandoulière de la sacoche. Peu porté sur l'introspection ou la spéculation, il n'avait jamais vraiment pensé qu'il serait vieux un jour, encore moins qu'il mourrait. Certes, il savait que les gens vieillissent et meurent, mais, pour ce qui le concernait, cette idée demeurait floue et théorique.

Ce soir-là, il avait quarante ans et à sa fête d'anniversaire, ayant trop bu dans cette petite salle surpeuplée où il faisait trop chaud, il percevait ses amis, riant fort et lui disant : « Ah Zénobin, quarante ans, c'est le début de la fin ! » comme dans un cauchemar torride et ondulant. Il eut tout le temps d'être hanté par ces visions, car, en plein mois de mai, il attrapa la grippe. Un virus tardif, mais hargneux le maintint alité trois jours. Entre gueule de bois et influenza, le cauchemar incuba. Non seulement le pauvre Zénobin se vit mourir, mais il eut de longues nuits blanches pour concevoir clairement que le temps l'engloutirait dans un gouffre de néant et que son existence verserait dans l'inexistence. Ses amis, sans doute, chériraient un temps sa mémoire avec nostalgie, puis plus rien : comme s'il n'avait jamais vécu ! Alors, ça rimait à quoi, la vie ? Quand il se releva, les joues creusées et la tête bourdonnante, Zénobin était un nouvel homme et cet homme nouveau avait une obsession : comment échapper à son inexistence future.

Il y eut bien l'idée d'engendrer des enfants mâles, mais il ne retint pas cette solution trop hasardeuse (les fils ne ressemblent pas toujours à leur père) et trop collaborative (la question épineuse de trouver leur mère). Une œuvre de grande envergure, littéraire, scientifique, artistique ? Mais Zénobin n'était un crac dans aucun de ces domaines. D'un doigt morne humecté de salive, il feuilletait le dictionnaire des noms propres. Quand soudain il eut l'illumination : Saint ! Existait-il déjà un saint Zénobin ? Non. Son prénom était un augure encourageant.

Il imprima les pages *Canonisation* de Wikipédia, y fit deux trous et les glissa dans un épais classeur. Confortablement installé, il étudia la question. Les premières déconvenues ne tardèrent pas à survenir : il fallait être mort. Par contre, Jean Paul II avait créé autant de saints à lui seul qu'au cours des cinq siècles précédents (482 saints), une inflation qui permettrait de se faufiler plus facilement parmi eux. Ces découvertes lui redonnèrent espoir, sa stratégie se peaufinait. Zénobin se parla tout haut : « Mazette ! je me sens pousser des ailes » puis il se rendit compte de l'incongruité (des ailes, pour un futur saint, c'était trop drôle) et gloussa. Le soir dans sa cuisine, en regardant frire ses œufs au plat, il pouffait de nouveau.

D'une écriture appliquée, il nota sur un nouvel intercalaire *Exemples à suivre*. La liste des saints du XXe siècle, toujours sur Wikipédia, le renseigna sur le profil des élus. Statistiquement, le saint était plutôt un homme (ça, c'est fait), européen (c'est fait), et religieux (aïe). Zénobin n'était pas religieux, même pas un peu, c'était un désavantage. Contrariété supplémentaire, les séculiers retenus étaient souvent des martyrs, assassinés pour leur foi. Il créa un nouvel intercalaire, y indiqua le mot *Foi* de son écriture appliquée et referma l'ordinateur avec le sentiment d'avoir bien progressé. Ses jambes étaient engourdies et son dos endolori de cette longue après-midi sur le chemin de la sainteté et c'est le cœur léger qu'il chemina jusqu'au *Café des Quat' fées* pour le cinq-à-six quotidien avec ses amis.

Qu'allait-il leur dire ? Sa foi devait être connue du plus grand nombre, c'était une évidence, mais Zénobin pressentait que dévoiler son projet de canonisation serait une erreur. D'emblée, il commanda du Saint-Raphaël. Ni bière ni café, ses amis, étonnés, questionnèrent. La première tournée fut celle de l'écoute, la deuxième celle des questions. Une fois la certitude qu'il n'y avait là-dessous ni galéjade, ni cancer galopant, ni ruine ou désespoir d'aucune sorte, la troisième tournée fut celle des tchins à sa nouvelle vie, agrémentés de quelques tendres taquineries.

Après les œufs au plat, il croqua quelques lapins en chocolat et s'installa à sa table de cuisine. Ce n'était pas si compliqué, mais il fallait maintenant se retrousser les manches pour se construire une foi. Wikipédia au mot *Bible* donnait déjà un article fort conséquent, mais passablement inextricable. Que de mots inconnus en si peu de lignes ! Ricochant de mots bleus en mots bleus, il voyagea plusieurs heures entre Testaments, Déluge et tour de Babel. Que de tortures et de martyrs il trouva ! Crucifiés tête en bas, décapités, écorchés vifs, lapidés, suppliciés de la roue ou de l'eau bouillante. Et quelques malices dont Zénobin resta fort stupéfait, tel le récit de sainte Agathe de Catane qui, pour avoir refusé de se marier, fut envoyée dans un lupanar (« établissement où se pratique la prostitution ») puis en prison où l'amoureux éconduit lui fit arracher les seins à l'aide de tenailles. L'iconographie où la délicate sainte porte ses deux seins dressés sur un plateau comme un entremets l'amusa. Quand il referma le capot de l'ordinateur, les yeux secs, la pauvre tête de Zénobin tournoyait d'une myriade de mots qui s'entrechoquaient, se superposaient, s'évanouissaient sans qu'il se soit fait une vérité sur ce sujet épineux.

Les jours suivants, abandonnant le chapitre déprimant des martyrs, il s'attela aux miracles puisqu'il en fallait au moins deux pour pouvoir entamer une procédure de canonisation. Le miracle de saint Nicolas ressuscitant trois enfants ou de sainte Agathe (celle des seins en entremets) arrêtant la lave de l'Etna lui semblèrent difficiles à imiter. Ceux de Jésus n'étaient pas plus abordables. Puis il découvrit les saints guérisseurs. Ah, les guérisons, voilà le bon plan, se dit Zénobin comptant sur l'effet placebo pour garantir un honorable pourcentage de réussites. Il se frotta les mains. Il fallait aussi du charisme et des connaissances bibliques, deux choses dont le débonnaire Zénobin était cependant dépourvu. Sa bonhomie s'étiola à mesure des semaines qui passaient. Elle était bien loin l'époque où il s'attardait avec ses amis en buvant une goutte (goutte désignant l'eau-de-vie, non la quantité qu'ils en buvaient). Lui qui n'avait jamais été maigre, le devint. Au *Café des Quat' fées* où il passait encore, mais en coup de vent, on s'inquiéta.

Le truc, avec Wikipédia, c'est qu'en bondissant de mots bleus en mots bleus, on se retrouve sur des pages imprévisibles. C'est ainsi que Zénobin se réjouissait de belles histoires. Un nœud impossible à dénouer, mais dont on disait que celui qui y parviendrait deviendrait roi de l'Empire d'Asie ; arriva un prince qui regarda le nœud, sortit son épée, tchak le trancha, et devint Alexandre le Grand. Ou un vacher qui voulait devenir célèbre, aspiration légitime que notre époque comprendra bien, seulement voilà, cet Hérostrate n'avait aucun talent ; il mit alors le feu et détruisit une des sept merveilles du monde. Un homme qui adorait l'or et fit le vœu que tout ce qu'il touchât se transformât en or ; son souhait fut réalisé et… il ne put plus se nourrir, car les aliments se transformaient dès qu'il les touchait. Un jour, Zénobin lut que Jeanne d'Arc, brûlée le 30 mai 1431, n'avait été canonisée qu'en 1920 : un demi-millénaire plus tard ! Et aussi que le budget actuel pour conduire un procès en canonisation était ahurissant (des dizaines de milliers d'euros au minimum) ! C'en était trop, plus il lisait, plus il se démoralisait, il referma son dossier en faisant claquer le rabat cartonné et quitta sa maison. À dix-neuf heures, le fils du patron, mandaté par les amis inquiets, lui envoya « T pa o Kfé D4fé ? ». Zénobin ne répondit pas.

Les pompiers hurlaient des mots incompréhensibles, les flammes se tordaient sur la toiture. Les arcs, les colonnettes, les balustrades, les gargouilles éclairées en ombres chinoises se découpaient comme une dentelle noire sur fond orange. Soudain, la flèche sembla se briser à mi-hauteur, puis elle s'effondra sur la toiture, les fumées gonflèrent, moussèrent, rougeoyèrent. Une nuée de mains se dressèrent pour photographier ou filmer. Zénobin était là, les yeux levés. La vague d'émotion populaire lui étreignait la gorge, il s'en alla discrètement. Sur les cartes postales d'un bouquiniste du quai Saint-Michel, la cathédrale avait encore sa flèche.

— Accidentel ou criminel, selon vous ? demanda le bouquiniste en pointant le menton vers Notre-Dame.
— Criminel *sans doute*, répondit Zénobin en s'éloignant.

Au *Café des Quat' fées*, Zénobin montra ses photos de Notre-Dame en flammes, raconta l'histoire d'Hérostrate à ses amis qui évaluaient la situation en se perdant dans le calcul mental, arrondissons à 2 000 ans, son nom est encore connu : le plan était valable. Le patron le regardait par en dessous, l'air suspicieux. Cependant, concluait Zénobin, si c'est pour perdurer comme criminel, mieux vaut sombrer dans l'oubli. Le patron eut l'air soulagé, il abondait dans son sens, oui, bien entendu, et le serrait dans ses gros bras en l'embrassant bruyamment puis il offrit une tournée générale, extravagance qui ne lui était plus arrivée depuis le siècle dernier. Zénobin commanda une bière ambrée, même pas d'abbaye, au lieu de Saint-Raphaël. Les amis, heureux de le retrouver comme avant, le papouillaient, le chérissaient, s'exclamaient. D'embrassades en tapes dans le dos, Zénobin fut ivre. Certes, il serait oublié après sa mort, mais il était aimé de son vivant et il était heureux.

SOMMAIRE

Les fleurs	4
Charlotte fourrée	13
La moindre des choses	21
Le violoniste	29
Trompe-l'œil	37
Chloé : 38	43
Vive le roi !	53
Le virus de Fortescue	59
La révolution	67
Si le potager m'était conté	74
Parle, Frappe, Tombe, Recommence	83
Enzo	92
Les âmes qui dansent	100
Coup de génie	108
Ma violoniste	115
Lilas	118
La fée des greniers	124
D'une aube crépusculaire	135
L'escarmouche	140
It's a kind of magic	148
Il n'y aura pas de saint Zénobin	158